TOM ANGLEBERGER

L'ÉTRANGE CAS ORIGAMI YODA

TRADUIT DE L'ANGLAIS (ÉTATS-UNIS)
PAR NATALIE ZIMMERMANN

First published in the English langage in 2010
by Amulet Books, an imprint of ABRAMS.
Original English title : *The Strange Case of the Origami Yoda*

ISBN : 978-2-02-107353-9
N° 107353-1

Loi n°49-956 du 16 juillet 1949 sur les publications
destinées à la jeunesse.

CE LIVRE EST DÉDIÉ À MES PARENTS, WAYNE ET MARY ANN, AINSI QU'À MA GRAND-MÈRE ARLENE, QUI M'A OFFERT MON PREMIER YODA EN PLASTIQUE ALORS QU'ELLE LE TROUVAIT TRÈS MOCHE.

DENNiS

ORIGAMI YODA ET DENNIS

PAR TOMMY

La grande question est : Origami Yoda existe-t-il pour de vrai ?

Bon, évidemment qu'il existe. Enfin, c'est une vraie marionnette à doigt fabriquée avec du vrai papier.

Mais ce que je veux dire, c'est : Est-ce qu'il existe pour de vrai ? Est-ce qu'il sait vraiment des choses ? Est-ce qu'il peut connaître l'avenir ? Est-ce qu'il se sert de la Force ?

Ou est-ce que c'est juste un gros canular, et qu'on s'est tous fait avoir, au collège McQuarrie ?

C'est TRÈS important pour moi de savoir s'il existe vraiment. Parce qu'il faut que je décide si je dois écouter ses conseils ou pas, et, si je fais le mauvais choix, je suis fichu ! Je ne veux pas entrer dans les détails pour l'instant. Je dirai juste que ça concerne cette fille super, Sara, et qu'il faut que je sache si ça vaut le coup que je me ridiculise pour elle.

Origami Yoda me dit de foncer, mais s'il se trompe… ce sera l'humiliation suprême.

C'est pour ça que je dois savoir s'il existe vraiment. J'ai besoin d'une réponse béton. Il me faut des preuves scientifiques. Alors j'ai fait le tour de ceux qu'Origami Yoda avait aidés pour qu'ils me racontent leur histoire. Et puis j'ai rangé tous les témoignages dans ce dossier. Qui sait, peut-être que ces documents pourraient être utiles un jour, au cas où des chercheurs décideraient de se pencher sur le cas Origami Yoda…

Pour que ça ait vraiment l'air scientifique, j'ai laissé mon pote Harvey faire un petit commentaire sur chaque récit. Harvey n'a jamais, jamais cru à Origami Yoda, pas même une seconde, et il n'y croit toujours pas. En fait, il est sûr à cent pour cent qu'Origami Yoda n'est qu'une boulette de papier vert. Alors il a essayé de trouver une explication aux trucs dingues qui sont arrivés.

Ensuite, moi aussi, j'ai laissé un commentaire sur chaque témoignage, parce qu'après tout c'est quand même moi qui cherche à tirer toute cette histoire au clair.

Mon autre pote, Kellen, a voulu m'aider, lui aussi. Alors je lui ai prêté le dossier. Mais au lieu d'ajouter des commentaires utiles, il a juste gribouillé partout ! D'abord, ça m'a rendu furax, et puis en fait, il y a des petits dessins qui ressemblent vraiment aux gens de mon collège, alors je les ai laissés.

De toute façon, je n'ai plus le temps. Il faut que j'épluche tout ça et que je me décide : Origami Yoda existe-t-il vraiment ou pas ?

Ah oui, il y a une chose dont j'ai oublié de vous parler : Dennis, le type qui trimballe Origami Yoda au bout de son doigt.

Le plus bizarre, avec Origami Yoda, c'est qu'il est d'une grande sagesse alors que Dennis est un vrai boulet.

Je ne dis pas ça pour le critiquer. C'est juste un fait. On dirait qu'il ne fait jamais rien comme il faut. Toujours en train de s'attirer des ennuis. Toujours persécuté par les autres. Toujours en train de se curer le nez. Toujours champion pour tout gâcher, comme disent les profs.

Si seulement il écoutait la sagesse d'Origami Yoda, comme nous tous, ça s'arrangerait peut-être…

Mais non : il faut qu'il vomisse en classe parce qu'il a avalé treize parts de pêches au sirop à la cantine, ou qu'il pique la chaussure d'une fille, ou qu'il mette un short avec des chaussettes remontées jusqu'aux cuisses.

Il arrive même à transformer ses points forts en points faibles. Par exemple, il est le maître incontesté des origamis dans notre collège. Il a commencé par faire des grues, des grenouilles, ce genre de trucs, et puis il a inventé des formes à lui. Origami Yoda n'est pas seulement une version parfaite d'un Yoda en papier, c'est aussi une création de Dennis.

Évidemment, Dennis n'est pas le premier au monde à avoir fait un Yoda en origami. Il y en a carrément plein de modèles sur Internet. Mais Dennis n'a pas téléchargé les instructions. Il a conçu lui-même son Yoda en origami.

Pourtant, c'est une chose de fabriquer un Yoda en papier, et c'en est une autre de demander aux gens de lui parler. C'est ça qui fait de Dennis un boulet. On ne peut pas se balader dans un collège avec un Yoda en origami qui parle sur le doigt sans être un peu… spécial.

Je parie que c'est exactement ce qu'Origami Yoga lui-même lui dirait, si seulement il voulait écouter.

Bref, voici le premier récit, où il est question d'une fille (pas de LA fille), et où on voit quel avantage il peut y avoir à écouter la parole d'Origami Yoda.

ORIGAMI YODA ET LA NUIT DE FOLIE

PAR TOMMY

C'était le bal d'avril du collège – l'Association des Parents d'Élèves en organise un chaque mois dans la cantine.

Tout le monde vient toujours aux soirées de l'APE. Je ne sais pas pourquoi. Je ne sais même pas pourquoi j'y vais : je déteste les bals. Et on est tout un groupe qui ne danse pas, qui ne drague pas ni n'affiche le moindre Signe Extérieur d'Affection.

À un bout de la salle, il y a une estrade pour les assemblées. Alors, quand on ne danse pas, on s'arrange pour s'asseoir dessus.

Il y a ceux qui dansent. Il y a ceux qui marchent. Nous, on reste assis au bord de l'estrade.

D'habitude, il y a moi et mes meilleurs potes, Kellen et Harvey. Harvey, c'est le grand avec un sourire en coin ; Kellen, c'est le très maigre qui essaye d'avoir l'air cool en secouant la tête en rythme ; moi, je suis le petit qui a les cheveux toujours en pétard, même quand je me coiffe.

Il y a aussi Lance, Mike et Quavondo, qui restent sur l'estrade parce que personne ne leur parle. Lance est zarbi, Mike pleure tout le temps et Quavondo est le célèbre Bouffeur de Curly. Ce sont des exclus, et je ne sais pas pourquoi ils viennent au bal, vu qu'ils ont encore moins de chances que moi de danser avec une fille.

Et il y a quelques filles, genre Cassie et Caroline. Si elles restent là, c'est peut-être juste qu'elles sont timides ou un truc comme ça. En tout cas, je ne crois pas qu'elles se parlent entre elles non plus.

Et puis il y a Dennis, évidemment. On a déjà l'air de tocards complets, scotchés à notre estrade, mais Dennis arrive à nous faire paraître

YIIIHAH !

Le collège McQuarrie se met à

L'HEURE WESTERN

Sortez vos bottes et vos chapeaux de cow-boys, pieds tendres, ça va chauffer !

OÙ : Musique à la cantine, basket en salle de gym

QUAND : le 6 avril à 19 h **COMBIEN** : 2 $ ou une boîte de quelque chose encore plus nazes. Au bal du mois dernier, il a décidé, soudain, qu'il savait danser. Et il s'est mis à sauter dans tous les sens.

Attendez, ce n'est pas le pire… Il a foncé dans cette fille très populaire, Jennifer, qui tenait un verre à la main, et, à cause de lui, elle a tout renversé.

Et ce n'est toujours pas le pire…

- Je vais nettoyer, a lancé Dennis.

Il s'est jeté par terre et s'est mis à se tortiller sur le ventre. À la fin, il s'est relevé avec une énorme tache mouillée sur sa chemise, et il s'est remis à danser aussi sec.

Vous n'allez pas le croire, mais il y a ENCORE pire. Parce qu'il a demandé à Jennifer :

- Voudriez-vous m'accorder cette danse, gente dame ?

Et elle lui a répondu :

- Dans tes rêves !

Alors il est revenu vers nous, avec tout le monde qui regardait !

- Purée, tu nous files la honte ! a dit Harvey. Pourquoi tu t'acharnes ? Personne ne dansera jamais avec toi. Pourquoi tu laisses pas tomber?

– Tu veux dire, en restant planté ici sans rien faire, comme vous autres, les mecs? a demandé Dennis. D'accord.

Il s'est figé et il a passé le reste de la soirée là, sans bouger. Il était toujours au même endroit quand je suis parti.

C'est, pour autant que je sache, la seule et unique fois qu'un des types de l'estrade a invité une fille à danser. Ce n'est pas qu'on n'en a pas envie. En fait, on passe pratiquement tous les bals à discuter pour savoir si on devrait y aller, et à espérer qu'une fille viendra nous inviter avant. (Une fois, j'ai presque convaincu Kellen d'inviter Rhondella à danser, mais sa mère est venue le chercher juste avant qu'il se décide.)

Cette fois-ci, Kellen et Harvey me poussaient à demander à Hannah, qui traînait entre l'estrade et le buffet.

– Elle est toute seule, disait Kellen.

– Ouais, et je suis presque sûr que tu lui plais, a ajouté Harvey.

Je sais bien qu'il ne faut jamais croire Harvey, mais j'étais quand même tenté. Hannah n'est pas la fille que je préfère de toutes – ça, c'est Sara, et elle, je mourais de trouille rien qu'à l'idée de lui proposer de danser.

Mais Hannah a toujours été sympa avec moi. Peut-être qu'elle dirait oui. Et alors, peut-être que Sara serait jalouse et qu'elle voudrait danser avec moi, elle aussi. Et alors peut-être qu'elle m'inviterait ; comme ça, je n'aurais pas besoin de le faire, moi !

Après tout ce temps passé à regarder les autres sans bouger, la simple idée de demander à une fille de danser avec moi me filait carrément les jetons – même si ce n'était pas Sara, c'était quand même une fille, et il faudrait quand même danser. (Heureusement, ils ne passent jamais de slows où on doit se serrer l'un contre l'autre, dans les bals de l'Association des Parents d'Élèves.) J'avais les mains qui tremblaient et le ventre en ébullition, comme la fois où mon père est rentré par accident dans une borne à incendie.

Mais je me suis dit que oui, c'était le moment de saisir ma chance.

Je me dirigeais déjà vers Hannah quand Dennis a sauté de l'estrade pour m'arrêter.

– Tu devrais demander à Origami Yoda d'abord.

- Eh, toi ! retourne donc te cacher dans ton trou. Tu nous as assez fichu la honte comme ça, la dernière fois.

- Peut-être que je suis ici justement pour vous empêcher de vous ridiculiser, a dit Dennis.

Il a levé la main droite et tout le monde a vu la marionnette plantée sur son index.

- Demande à Origami Yoda.

Bon, on connaissait déjà tous son Yoda en origami, mais c'était la première fois que Dennis demandait à quelqu'un de lui parler. En fait, c'était un moment historique, mais je ne le savais pas encore.

- Tu veux bien ranger ça ? a chuchoté Harvey. Tu vas nous faire passer pour des tarés.

- D'accord, a répliqué Dennis en faisant mine de s'éloigner. Je croyais que Tommy avait besoin d'un coup de main.

- Il a besoin de toute l'aide possible, a confirmé Kellen. C'est quoi, ton conseil ?

- Moi, je n'ai pas de conseil à donner, a corrigé Dennis. C'est Origami Yoda qui en donne.

Il a agité sa marionnette à doigt en prenant une petite voix bizarre et éraillée.

- Pour se précipiter, fou être il faut.

- Et c'est censé être Yoda qui parle ? a fait Harvey. C'est la pire imitation de maître Yoda que j'aie jamais entendue. Voilà comment Yoda parle.

Et Harvey s'est mis à débiter les répliques des films de *Star Wars*.

Mais Kellen et moi, on n'a pas fait attention à lui et on a essayé de décrypter le conseil. J'ai commencé :

- Yoda met toujours les mots dans le désordre, donc ce qu'il veut dire, c'est qu'il n'y a que les fous qui se précipitent. D'après ce que je comprends, il serait donc stupide que je me précipite pour inviter Hannah à danser.

- Oui, je suis d'accord, est intervenu Mike.

Quavondo et tous ceux de l'estrade écoutaient. Cette histoire commençait à devenir carrément gênante.

- Est-ce que tu es en train de dire qu'il ne devrait pas le faire ? a demandé Cassie.

- Moi, je ne dis rien du tout, a répondu Dennis. C'est Origami Yoda qui parle.

- C'est le truc le plus débile que j'aie jamais entendu de ma vie, a assuré Harvey, qui avait fini par abandonner ses imitations de maître Yoda. Tommy, si tu loupes la danse avec Hannah à cause de la boulette en papier vert de Dennis, c'est que tu es complètement barge. Vas-y, fonce.

– Eh ! attends un peu, j'ai dit. Je n'ai pas besoin de me PRÉCIPITER.

– Holà, mec, tu cherches juste une excuse pour te défiler, a protesté Kellen en me poussant. Va l'inviter !

– Ne me presse pas !

Au même instant est arrivé ce type de cinquième, Mark, qui doit bien faire dans les cinquante centimètres de plus que moi, et c'est tout juste si Hannah ne lui a pas sauté dessus. Et alors ils se sont embrassés devant tout le monde, ce qui est un Signe Extérieur d'Affection résolument contre les règles et absolument dégoûtant à regarder.

– Heureusement que tu as écouté Origami Yoda, a commenté Dennis.

Oui, heureusement ! Très heureusement. Vous imaginez, si je l'avais invitée à danser et que ce grand type était arrivé à ce moment-là ? Elle aurait été capable de me jeter par terre pour le rejoindre, et je serais devenu la risée de tout le collège. Harvey aurait pété les plombs avec son espèce de grand rire d'âne. Même Kellen se serait carrément fichu de ma tronche.

Donc, en gros, Origami Yoda m'a sauvé la vie !

C'est ce jour-là que j'ai commencé à l'écouter, et, au bout du compte, il y en a plein qui ont fait comme moi.

Commentaire de Harvey

Oh oui ! je crois ! Je crois en la Boulette de Papier Yoda ! Holà !

Je crois que c'est un vrai, un authentique, un véritable bout de papier collé au bout du vrai, de l'authentique, du véritable doigt de Dennis. Et je crois que Dennis est le plus vrai, le plus authentique, le plus véritable dingo de chez Dingo.

Mais est-ce que je crois qu'il y a quelque chose de magique dans la Boulette de Papier Yoda ? Bien sûr que non. C'est débile.

Même le vrai Yoda n'existe pas vraiment. Dans les premiers films de la série *Star Wars*, c'est une marionnette, et dans

les suivants c'est une image de synthèse, un truc fait par ordinateur.

Et même si Yoda existait vraiment, il vivrait « dans une galaxie lointaine, très lointaine ». Et je crois qu'il aurait autre chose à faire que de dire à Tommy de ne pas se ridiculiser.

D'ailleurs, le conseil de Yoda n'est même pas une vraie citation de Yoda. D'après mon beau-père, « il faut être fou pour se précipiter » serait la traduction du début d'une chanson qu'Elvis Presley chantait dans les années 1960.

Mon commentaire : D'accord, Dennis est un peu bizarre, je l'ai déjà dit. Mais son conseil était incroyablement bon. Et Yoda n'est pas une boulette de papier, c'est un origami et il ressemble vraiment au Yoda original.

Pourtant, je n'arrive pas à déterminer si Harvey a raison ou pas. Ce n'est pas que je croie vraiment à la magie, mais Origami Yoda a quand même fait des trucs pas possibles. Pas longtemps après la fois où il m'a aidé, il a empêché Kellen de se ridiculiser complètement...

ORIGAMI YODA ET LA TACHE EMBARRASSANTE

PAR KELLEN

Bon, euh, ici, c'est Kellen… Euh, Tommy m'a demandé de, euh, écrire ce qui s'est passé avec Origami Yoda. Mais bon, enfin, écrire, c'est pas vraiment mon truc. Ça fait trop comme des devoirs, si on doit tout mettre par écrit. Et puis il faut faire des phrases complètes et tout ça. Alors, pour moi, c'était non, merci. Du coup, je vais juste raconter ça dans ce… euh… machin qui enregistre, et c'est Tommy qui écrira. Bon… euh… je crois que tu pourras sauter les passages où je dis euhhh… et ce genre de trucs.

Voilà ce qui s'est passé : j'étais aux toilettes juste avant le début des cours, et j'ai vu que quelqu'un - sûrement Harvey - avait écrit : « Kellen boit de la pisse » sur le mur, au-dessus du lavabo. Alors je me suis penché au-dessus du robinet pour effacer ça, et j'avais un pantalon marron clair, ce qui fait que je me suis retrouvé tout trempé en plein sur le devant.

On aurait vraiment dit que j'avais pissé dans mon froc. L'horreur. J'ai essayé de le cacher sous ma chemise, mais c'était ma chemise Scooby-Doo riquiqui, et elle n'était pas assez longue pour couvrir la tache de pisse, qui n'était pas vraiment de la pisse, évidemment.

Lance était là aussi.

- Pas de pot, il a dit. On voit vraiment bien ta tache de pisse.

- Tu sais bien que ce n'est pas de la pisse, Lance ! C'est rien que de l'eau du lavabo.

- Ouais, je sais, mais c'est exactement comme si tu t'étais pissé dessus, mon vieux.

- Mais tu vas bien dire à tout le monde que c'est pas vrai, hein ?

- Tu veux quoi ? Que je te suive partout comme un petit chien en répétant : « C'est pas du pipi, même si ça ressemble EXACTEMENT à du pipi » ?

On a entendu la sonnerie ! Ça voulait dire que j'avais une minute pour filer en cours.

Aucun moyen de faire sécher ce pantalon en une minute, et pas question d'aller en classe avec une énorme tache en dessous de la ceinture ! Même si ce n'était pas vraiment de la pisse.

D'abord, Harvey est dans ma classe et tu sais, Tommy, que c'est un vrai taré : il va dire pile ce qu'il ne faut pas et tout le monde va regarder, même ceux qui ne me regardent jamais d'habitude. Ensuite, encore pire : Rhondella est aussi dans ma classe, et je n'ai vraiment pas besoin que Rhondella me voie avec une tache de pisse. Qui n'est pas vraiment de la pisse, comme tu le sais.

Alors j'ai eu une idée.

- Eh ! Lance, tu veux bien courir en classe me chercher ma veste ? Je crois qu'elle est assez longue.

- On n'a pas le temps. Je pourrai jamais revenir ici et retourner en classe en une minute.

D'ailleurs, faut que j'y aille, mec ! Il te reste quarante secondes. À plus, Kellen.

Et Lance a filé. Merci, les copains…

Là, tu dois te dire : Et alors ? Y a qu'à arriver en classe un peu en retard. Super idée, sauf que, pour des tas de raisons, je suis déjà arrivé en retard une bonne vingtaine de fois cette année, et que M. Howell a promis que, la prochaine fois, je serais consigné toute la journée en permanence (et je ne connais rien de plus ennuyeux que ça). En plus, à chaque fois que j'ai une punition, Rabbski, la principale, envoie un mot à mes parents et je me retrouve interdit de Playstation pendant quinze jours.

J'étais donc obligé de sécher mon pantalon en quarante secondes, ce qui était impossible.

C'est là que Dennis est sorti d'une des cabines. (C'est dingue, on dirait qu'il est aux toilettes à chaque fois que j'y vais.)

– Eh ! Dennis, regarde mon pantalon. T'aurais pas une idée ?

– L'idée qui me vient, c'est que t'as pissé dans ton froc.

– J'ai pas pissé. Et ce que je te demande,

c'est si tu n'as pas une idée pour m'aider ?

Il a répondu que non, mais il a levé le doigt, et Origami Yoda est apparu.

- Mais peut-être que lui pourra t'aider.

- Si tu veux, j'ai dit.

Alors, Dennis a pris sa voix de Yoda. Harvey a raison quand il dit que c'est la pire imitation de Yoda de tous les temps… J'y arrive beaucoup mieux que lui !

Mais Yoda a quand même dit :

- Tout le pantalon mouiller tu dois.

- Hein ?

- Je crois, a fait Dennis avec sa voix normale, qu'il te dit que si tu mouilles tout ton pantalon, tu feras disparaître la tache de pisse.

Et puis il a filé en classe.

J'ai ouvert le robinet et je me suis mis de l'eau partout. Plein le pantalon et plein la chemise. Ensuite j'ai couru en classe, et je suis arrivé juste avant que M. Howell ferme la porte.

- Puis-je vous demander pourquoi vous êtes trempé, Kellen ? a fait le prof.

- Non, j'ai répondu, et je suis allé m'asseoir vite fait.

Il a eu l'air perplexe, mais il a fait l'appel comme si de rien n'était. Heureusement, j'avais EPS en deuxième heure, alors je pourrais me changer et garder mon jogging jusqu'à la fin des cours.

Tout le monde se demandait pourquoi j'étais mouillé et, forcément, ça a été froid et désagréable pendant un moment. Mais, le plus important, c'est que je n'ai pas été envoyé chez la principale, que je n'ai pas été privé de Playstation pendant quinze jours et que personne – pas même Rhondella – n'a pensé que j'avais pissé dans mon pantalon !

C'est là que j'ai su qu'Origami Yoda existait pour de vrai, mon vieux ! Il a la sagesse d'un vrai Jedi !

Commentaire de Harvey

Ce qu'il ne faut pas entendre ! Si Boulette de Papier Yoda existait vraiment – ce qui n'est pas le cas – elle aurait sûrement trouvé autre chose que d'aller en classe trempé comme une soupe. Le vrai Yoda aurait séché le pantalon par la pensée ou un truc de ce genre.

Et puis je voudrais vous faire remarquer que d'après ce que raconte Kellen, Dennis est sorti des toilettes avec Boulette Yoda sur son doigt. Et ça, c'est carrément dégoûtant, les mecs !

Mon commentaire : Ce n'était peut-être pas une solution géniale, mais je ne vois pas mieux. Rappelez-vous que Kellen n'avait que quelques secondes devant lui. Je trouve que c'était plutôt un bon conseil, en tout cas meilleur que tout ce que Dennis aurait pu inventer.

C'est ça qui m'épate, avec ce gars-là. Il arrive à peine à fonctionner correctement ! Faut toujours qu'il traîne avec ses lacets défaits et ses cheveux mal peignés. Il se tape toujours des notes épouvantables et se fait tout le temps envoyer dans le bureau de la principale parce qu'il est en retard, qu'il s'endort en cours ou ce genre de trucs. Et LUI, il a sans arrêt des taches bizarres sur ses fringues.

Si on lui demandait conseil, ça serait une catastrophe. Mais quand on demande conseil à Yoda, il nous donne des solutions géniales. C'est pour ça que je me dis qu'Origami Yoda existe peut-être vraiment.

Par exemple, dans le prochain récit, il sera question de softball (c'est un genre de base-ball qui se joue sur un terrain beaucoup plus petit). Les deux plus mauvais joueurs de notre classe - et peut-être du monde entier - sont Dennis et Mike.

Alors comment vous expliquez que Yoda/Dennis ait pu donner à Mike un conseil de première ?

ORIGAMI YODA ET LE SOFTBALL

PAR MIKE

Origami Yoga, tu as changé ma vie !!!!

Enfin, ça faisait combien de temps que le softball me rendait complètement dingue en EPS ? Ça faisait très longtemps. Trèèèèèès longtemps. Depuis le tout premier cours, au CP.

Pourtant, je ne demandais pas grand-chose : juste taper dans cette saleté de balle. Mais ça a toujours été éliminations sur éliminations avec trois balles manquées sur trois - des strikes, ça s'appelle -, et, de temps en temps, une pauvre balle qui décollait à peine du champ intérieur et permettait au lanceur de la renvoyer au type de première base, qui pouvait alors marquer sans problème.

Je veux bien reconnaître que j'en ai même chialé, vu que tout le collège est déjà au courant. Mais il y a une différence entre pleurer comme un bébé et pleurer de rage. Enfin, je crois qu'il y a une différence. Les autres n'ont pas l'air de le penser.

Je n'arrêtais pas de me dire que si j'arrivais à renvoyer la balle, peut-être même à marquer un home-run, je deviendrais un héros et tout le monde oublierait les coups manqués et les pleurs. Mais au lieu de ça, voilà ce qui se passait :

Je me répétais : « C'est pour cette fois, je vais leur montrer, je vais leur en mettre plein la vue ! »

Et puis je frappais avec ma batte, et je ratais la première balle. Pareil pour la suivante et ça me mettait encore plus la rage. Et alors je levais les yeux et je voyais qu'ils étaient tous certains que j'allais rater la troisième balle, et que je serais éliminé. Il faut toujours qu'ils ramènent leur science dès qu'on joue au softball ! À ce moment-là, je croyais que si j'arrivais à toucher cette saleté de balle, je l'enverrais à des kilomètres. Mais je la manquais à chaque fois, et alors j'étais tellement furax que je me mettais à chialer.

Ce n'était pas si terrible tant que j'étais en primaire, mais maintenant, si. Pour tout le monde, je suis le type qui chiale en EPS. C'est vraiment l'horreur.

Et puis j'ai vu la marionnette de Dennis sauver Tommy, au bal. Bon, Dennis est barge, mais je me suis dit qu'il avait peut-être trouvé la Force ou un truc de ce genre. (Je crois complètement à la Force, et j'ai passé plein de temps à essayer de me concentrer pour la trouver, moi aussi.) Alors un jour, à la cantine, je suis allé voir Dennis, qui était assis avec Tommy et les autres, et j'ai demandé :

– Yoda, est-ce que tu peux m'apprendre à utiliser la Force pour marquer un home-run ?

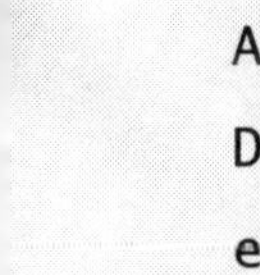

– Un home-run marquer tu voudrais pourquoi ? a questionné Yoda.

– Eh bien, en fait, ce que je veux, c'est gagner, tu comprends ? C'est pour ça qu'on joue, en général, non ?

Yoda n'a rien répondu, mais il me fixait avec ses deux petits yeux minuscules. J'ai continué :

– Enfin, ce que je voudrais, c'est être un héros, pour une fois, OK ? J'en ai marre de rater tous mes coups.

Yoda continuait de me dévisager.

– Les autres ne font même pas attention quand c'est moi qui joue. Et ils se croient tous tellement supérieurs parce qu'ils savent taper dans une balle ou la rattraper quand elle arrive sur eux. Ils n'arrêtent pas de me crier des trucs et de me dire ce qu'il faut faire. J'en ai ras le bol.

Yoda me regardait toujours sans rien dire.

Je me suis tourné vers Tommy, Kellen et les autres.

– Enfin, les mecs, vous aussi, vous ressentez la même chose, non ? Vous en avez assez que Patate Ronde et tous ces sportifs gagnent tout le temps, non ? J'adorerais leur montrer qu'ils ne sont pas meilleurs que moi.

- Meilleurs que toi ils sont, a dit Yoda.

Tout le monde s'est mis à rigoler.

- Eh, la ferme ! j'ai crié. T'es qu'un pauvre type, Dennis! Vous êtes tous des pauvres nuls !

Je suis parti, complètement furax et les larmes aux yeux.

Et puis je me suis rendu compte que Dennis m'avait suivi jusqu'à ma table.

- Yoda n'avait pas fini, Mike, m'a-t-il dit.

- Laisse-moi tranquille, j'ai répliqué.

Je n'avais vraiment pas besoin que tout le monde nous regarde et me voie encore pleurer.

Mais Yoda a parlé quand même :

- Libère-toi de tes sentiments, Mike. La haine et la vengeance au côté obscur conduisent.

Et Dennis s'est éloigné.

Donc, au cours d'EPS suivant, je me suis retrouvé dans la même position que d'habitude, sans la moindre aide de la part d'Origami Yoda – c'est du moins ce que je croyais.

Je passe toujours en dernier, alors je ne me suis levé pour prendre la batte qu'à la fin du deuxième tour de frappe. C'est dingue, parce que

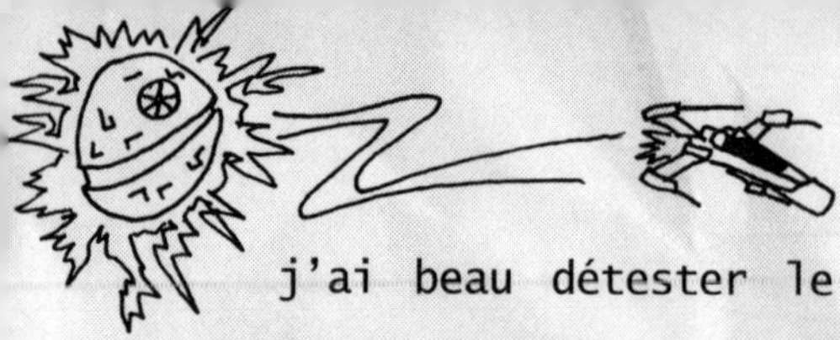

j'ai beau détester le softball et encore plus être à la batte, je suis quand même très impatient de jouer.

J'étais donc là, avec ma batte, et j'ai soudain repensé à ce que m'avait dit Yoda, comme quoi je devais me libérer de mes sentiments. Peut-être qu'il n'avait pas complètement tort, après tout… Peut-être que si j'arrivais à ne plus penser à quel point je détestais le softball, Patate Ronde, le lanceur, toute l'équipe adverse et Mlle Toner, notre prof d'EPS qui fait aussi l'arbitre, le côté obscur de la Force s'en irait, et son bon côté m'aiderait à frapper la balle comme il a aidé Luke à détruire l'Étoile Noire. La balle m'a sifflé aux oreilles et je n'ai même pas eu le temps de manier la batte.

– Strike, a annoncé Mlle Toner.

J'ai essayé de ne pas me mettre en colère. Même si j'avais abattu ma batte, j'aurais probablement manqué la balle, de toute façon…

Le lanceur en a envoyé une autre.

– Balle, une, a dit Mlle Toner.

C'était la première fois que j'obtenais une balle et c'était déjà une victoire. D'habitude, même quand le lanceur se plante, je suis tellement énervé que j'essaye de taper dedans au lieu de la laisser filer.

Le troisième lancer était bien trop haut. D'habitude, je me précipite, mais là, j'ai laissé courir.

- Balle, deux, a annoncé Mlle Toner.

J'ai pensé : Encore une et j'aurai le droit de courir en première base.

Alors j'ai laissé passer le lancer suivant. Mais il était bon et je me suis pris un deuxième strike.

Ça ne marchait pas. Il fallait quand même que j'essaye de frapper la balle.

Quand la balle est arrivée, une petite voix dans ma tête m'a dit : Vas-y. Est-ce que c'était la voix de Yoda ? En tout cas, j'ai frappé avec ma batte.

- Strike, trois, a annoncé Mlle Toner. Belle tentative, Mike.

Je suis retourné sur le banc en réfléchissant à ce qui venait de se passer. Est-ce que j'avais mal compris Yoda ? Est-ce que Dennis s'était juste fichu de moi ? Sa marionnette n'était-elle qu'une blague stupide ?

Je me suis approché de Dennis et j'ai dit :

- Et alors ?

- Pleuré tu n'as pas, a répondu Yoda.

Il avait raison. Je n'avais pas chialé. Je n'avais même pas jeté mon casque par terre. Pour une fois, je ne m'étais pas ridiculisé.

À ce moment-là, Patate Ronde est venu à la batte et il a frappé une balle incroyablement longue. Encore un home-run.

C'est vrai, Yoda avait raison. Les types comme Patate Ronde sont vraiment meilleurs que moi. Au softball, en tout cas. À quoi ça sert de les détester ? Qu'est-ce que ça apporte de pleurer ?

Depuis ce jour, je continue de manquer mes balles la plupart du temps, mais il m'arrive aussi de laisser passer les mauvaises balles et de pouvoir aller en première base. Et, de toute façon, ça n'a pas d'importance. Ce qui compte, c'est que je ne chiale plus et que ça ne me met plus en rogne. Et maintenant que je perds moins de temps à détester des types comme Patate Ronde, je crois que je suis plus près de pouvoir utiliser la Force. Au moins, je ne m'égare plus trop du côté obscur.

Commentaire de Harvey

Euh, je croyais que Mike avait demandé à Boulette Yoda de l'aider à réussir un home-run. S'il voulait seulement aller de temps en temps en première base sur des mauvaises balles, j'aurais pu lui dire comment y arriver. La plupart de ces types lancent comme des pieds, alors il suffit d'attendre pour obtenir trois balles. Pas la peine d'être Maître Yoda pour le savoir.

Mais je suis content que Mike ait arrêté de pleurer. Il commençait à être un peu vieux pour ça...

Mon commentaire : Comme d'habitude, Harvey n'a rien compris. Ce que Yoda a dit, c'est qu'il y a des choses plus importantes que les home-runs dans la vie. Tant mieux pour moi, parce que je n'en marque jamais non plus.

ORIGAMI YODA ET LE TWIST

PAR SARA

Avant les cours, Rhondella, Amy et moi, on s'assoit toujours à une table du CDI, et Kellen, Tommy et les autres, ils s'assoient à la table d'à côté. Ils font plein de bruit et n'arrêtent pas de dire des trucs sur nous.

On s'est dit qu'on allait changer de table, mais on ne l'a pas fait, et je crois que c'est surtout parce que ça ne dérange pas Rhondella autant qu'elle le prétend que Kellen essaye de sortir avec elle. Amy finit souvent par discuter de science-fiction et de trucs comme ça avec Lance. Et moi, peut-être bien que j'ai aussi mes raisons de rester. Mais ça ne regarde que moi…

En tout cas, ça nous donne au moins un sujet de rigolade – le plus souvent Harvey.

Mais cette fois-là, ils n'en avaient que pour Dennis et son Origami Yoda. Dennis adorait ça. Ça lui plaît de jouer les imbéciles, mais il a toujours un petit sourire narquois. C'est mon voisin, et ça fait dix ans que je connais ce sourire par cœur.

Est-ce que je vous ai déjà parlé des trous qu'il creuse dans son jardin ? Il creuse des trous et puis il s'assoit dedans avant de les combler. Il n'est peut-être pas stupide, mais ce qui est sûr, c'est qu'il est bizarre.

La première fois qu'on l'a vu avec sa marionnette à doigt au collège, Rhondella et Amy ont trouvé ça vraiment étrange, et je leur ai dit que ce n'était rien, comparé à rester assis dans un trou toute la journée…

Bref, Dennis et Yoda attiraient l'attention de tout le monde, et ça le faisait drôlement kiffer.

– Je n'y peux rien, moi, protestait Dennis. Si c'est ce que te dit Origami Yoda, eh bien, c'est ce qu'il te dit.

- Mais ça n'a aucun sens, a grogné Kellen. Je lui ai demandé où j'avais perdu ma veste, et il m'a répondu : « Le twist tu dois apprendre. »

- Il répète ça à tout le monde, a dit Tommy. J'ai essayé de lui demander un truc, et Lance aussi. Au début, j'ai cru qu'il répondait vraiment à ma question, mais il répète toujours la même chose. Je crois que ça ne marche plus.

- Ça n'a jamais marché, a assuré Harvey.

Et ils ont continué comme ça pendant un moment. Nous, on essayait de ne pas faire attention. Mais Dennis a fini par se lever pour venir à notre table avec son Yoda sur le doigt, et il a lâché :

- Le twist il faut apprendre.

Ensuite, il a fait pareil à la table voisine, et puis encore avec celles d'après, jusqu'à ce qu'il ait conseillé à tout le CDI d'apprendre de twist. Et puis il est sorti, sans doute pour répandre la sage parole de Maître Yoda dans le reste du collège. Comme je le disais tout à l'heure, en dix ans, je me suis habituée…

- C'est quoi, le twist ? j'ai demandé à Tommy.

- Aucune idée, a-t-il répondu.

- Cherche sur Google, a conseillé Amy.

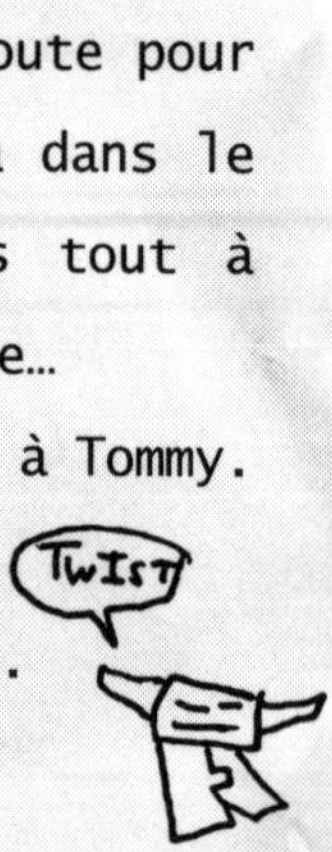

Tous les ordinateurs étaient pris, mais comme il y en avait un qui était occupé par Lance, Tommy et Kellen sont allés lui demander de faire une recherche.

- Dommage qu'ils ne m'aient pas demandé à moi, a glissé Harvey. Je sais tout sur le twist.

Quelle surprise ! Harvey croit toujours tout savoir.

- Le twist est une chanson de la BO de *Spider-man III*, a-t-il assuré.

- Attends un peu, a dit Rhondella. Tu as acheté la BO de *Spider-man* ?

- *Spider-man III*. Évidemment. J'ai celles des deux autres aussi.

On s'est regardées en essayant de ne pas rigoler.

- Tu te rappelles le moment où…

On ne l'écoutait plus. Kellen et Tommy sont revenus et nous ont dit que c'était un genre de vieille chanson. Alors Harvey a remis ça :

- On est déjà au courant !

Et il s'est ridiculisé, comme d'habitude, et puis on a entendu la sonnerie. Peut-être qu'il faudra quand même qu'on change de table, ou de salle… Ou de collège.

Ce soir-là, Amy est venue dîner chez moi, et ma grand-mère aussi – depuis son divorce avec grand-père, elle vient tout le temps à la maison.

Amy et moi, on regardait des vidéos sur Youtube, et on tournait en rond, quand Amy a proposé :

- Et si tu cherchais à twist ?

- Tu crois vraiment qu'on va trouver quelque chose là-dessus ? j'ai dit, alors que j'étais déjà en train de taper le mot.

En fait, il y avait des tonnes de vidéos sur le twist. On en a choisi une, et un type est apparu dans une très vieille émission de télé et a annoncé : « Le Twist ! »

Et puis ils ont passé la chanson – un morceau très vieux, mais pas si mal.

C'est à ce moment-là que ma grand-mère a débarqué.

- Vous dansez le twist, les enfants ?

- On en écoute.

- Non, on ne peut pas juste écouter le twist. Il faut se lever et danser !

Elle a fléchi les jambes et s'est mise à tortiller les genoux, un coup à droite, un coup à gauche, en bougeant les bras.

Je n'étais pas trop gênée. Je suis habituée à la voir faire des trucs frappadingues devant mes amis. Mais alors, elle s'est mise à chanter avec le type, en changeant les paroles :

- Viens, Sara, viens danser le twist, et toi aussi viens, Amy, danse le twist avec nous !

Ça ne suivait pas vraiment la chanson. Mais elle a continué à chanter, et elle a insisté pour qu'on essaye de danser.

Alors on s'y est mises, et j'avoue qu'on s'est bien amusées. Une fois qu'on commence à tortiller les genoux et les bras au rythme de la musique, ce n'est pas trop dur.

On commençait à bien se débrouiller quand ça a été l'heure de dîner, mais ma grand-mère voulait continuer à danser. Mes parents sortaient ce soir-là, alors, après dîner, j'ai invité Rhondella à passer. Et avec Amy et ma grand-mère, toutes les quatre, on a dansé sur plein de vieux morceaux du temps où ma grand-mère était jeune et on s'est amusées comme des folles. Sans rire, je n'avais

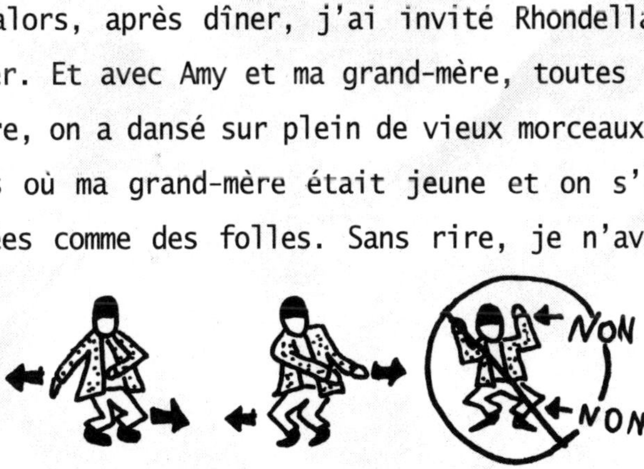

pas vu ma grand-mère aussi heureuse depuis longtemps. Pas depuis son divorce, en tout cas, et, si on réfléchit, pas avant non plus.

Je ne sais pas comment Dennis, ou Origami Yoda, a pu savoir que ça marcherait comme ça, mais ça a marché et c'était génial.

Commentaire de Harvey

Excusez-moi pendant que je vais chercher un mouchoir. Une larme coule lentement sur ma joue après avoir lu ça. On se croirait sur une chaîne de télé religieuse. C'est tellement hey-mou-vent.

Mon commentaire : Peut-être bien que c'est vraiment émouvant. En tout cas, ça avait l'air marrant. Pourtant, j'aurais préféré qu'Origami Yoda ne parle du twist qu'à Sara et pas à tout le collège, parce que j'ai perdu une demi-heure à essayer de le danser dans ma chambre.

DENNIS, SUJET DE DISPUTE

PAR TOMMY

Ce chapitre ne traite pas exactement des conseils d'Origami Yoda. Il s'agit d'une dispute que Kellen, Harvey et moi avons eue à propos de Dennis.

Je n'aurais pas pris la peine de la mettre au dossier si, pour me faire une idée d'Origami Yoda, je ne devais pas aussi me faire une idée de Dennis. Et je dois aussi déterminer s'il ne cherche pas à me jouer un sale tour pour se venger des fois où j'ai été nul avec lui. Comme cette fois-là, justement…

Un jour, à la cantine, Lance est venu s'asseoir à notre table, à la place de Dennis. Rien de grave

en soi, sauf que toutes les places étaient prises et que Dennis devrait aller à une autre table.

- Eh, mec, j'ai horreur de jouer les pénibles, mais c'est la place de Dennis, j'ai dit à Lance.

- Non, a rétorqué Harvey. Maintenant, c'est la place de Lance. On n'a jamais demandé à Dennis de s'asseoir ici. C'est lui qui s'est installé. Mais c'est moi qui ai demandé à Lance de venir, alors c'est Lance qui gagne.

- Dennis, il va s'asseoir où, alors ? a demandé Kellen.

- Avec un peu de chance, à l'autre bout de la cantine. Ou encore mieux : à l'autre bout du monde.

- T'exagères, a dit Kellen. Il n'est pas si horrible que ça.

- Oh ! si, a répliqué Harvey, c'est un méga boulet.

- On ne peut pas être tous aussi parfaits que toi, a dit Kellen.

- Je ne suis peut-être pas parfait, mais pour ce qui est d'être pénible, je n'arrive pas à la cheville de Dennis.

- Tu parles, t'es deux fois plus pénible que lui, a dit Kellen.

C'est là qu'on a vu Dennis sortir de la queue avec son plateau. Il est toujours dans les derniers parce qu'il a tendance à traîner au lieu de foncer à la cantine comme tout le monde.

- Le voilà, a annoncé Kellen. Lance, tu devrais partir.

- NON, a protesté Harvey. On n'a qu'à voter. Je vote pour Lance, Kellen vote pour Dennis, et toi, Tommy, tu votes pour qui ?

- Eh bien, j'ai bredouillé, pas ravi d'être entraîné dans cette histoire. Lance devrait peut-être rester.

- Non, merci, a fait Lance. Vous êtes trop gonflants.

Alors il est parti. Dennis s'est assis à sa place et a commencé à faire des trous dans son hamburger avec une paille. Je n'arrivais pas à savoir s'il faisait des trucs bizarres parce qu'il m'avait entendu ou juste parce qu'il fait toujours des trucs bizarres. Mais le simple fait de penser qu'il avait pu m'entendre m'a donné mal au ventre pour le reste de la journée.

TOUT SUR DENNIS

PAR TOMMY, AVEC L'AIDE DE HARVEY

Pourquoi est-ce que j'ai voté pour laisser tomber Dennis ? En fait, Harvey n'a pas complètement tort. Il a même raison sur pas mal de points. Croyez-le ou pas, mais se balader avec une marionnette en papier de Yoda au bout du doigt n'est pas du tout le truc le plus bizarre que fait Dennis. Loin de là. Je vous donne les dix meilleurs. (Ça pourra servir de preuves pour savoir si oui ou non Dennis nous fait marcher avec son histoire d'Origami Yoda.)

10. En CE2, pour mes huit ans, ma mère avait préparé du jus d'orange et des petits gâteaux pour toute la classe. Avant qu'on ait commencé à manger, Dennis a bu du jus d'orange, quelqu'un a dit une blague même pas drôle, et il a craché tout le jus sur les gâteaux. Adieu gâteaux.

9. Il se couche par terre n'importe où. Par exemple, vous cherchez un livre au CDI, et il est là, allongé devant les encyclopédies.

8. Un jour, Mlle Toner l'a envoyé chercher un ballon pour le cours d'EPS dans la réserve. Il n'est jamais revenu. Alors Mlle Toner a envoyé Lance le chercher. Dennis était dans la réserve, en train de taper sur la porte et de crier :
- Les écureuils ! Venez me sauver !
Lance a ouvert la porte, et Dennis a lâché :
- Oh ! je croyais qu'elle s'ouvrait dans l'autre sens.

7. L'année dernière, en CM2, il a porté le même tee-shirt pendant tout un mois uniquement parce qu'il l'avait eu gratuitement.

C'était marqué dessus : *Ton menu grande taille pour 39 cents seulement !*

6. Il fait tellement craquer ses articulations que ça donne envie de gerber. Ça lui arrive n'importe quand, comme la fois où je faisais un compte-rendu de lecture de *Signé, Lou* devant la classe. Et ça craque si fort que ça ne peut pas être naturel. J'adorerais savoir comment il fait. On le voit juste mettre sa main contre son menton, et tout à coup, CRAC !

5. Quelquefois, on décide d'être sympa avec lui, et il se conduit comme un nul. Il vous sort un truc du genre : « Tycho Brahe a un nez de cire », ou quelque chose d'aussi bizarre.
4. L'année dernière, il a essayé de se faire appeler Capitaine Dennis.
3. Capitaine Dennis a porté une cape jusqu'à ce que la principale, Mme Rabbski, l'oblige à l'enlever.

2. Quand il n'est pas occupé à nous embêter, il reste généralement assis là comme un poulet hypnotisé, les yeux perdus dans le vide et sans faire attention à personne.

1. Un jour, il y a un Amérindien qui est venu à l'école pour nous parler de ses traditions. Et puis il nous a demandé si on avait des questions. Dennis en a posé une :
- Qu'est-ce que vous portiez comme slip avant que Christophe Colomb ne vous apporte des slips normaux ?

Le plus grand mystère, avec Dennis, c'est qu'on ne sait jamais s'il fait ces trucs pour être marrant ou s'il est juste complètement cinglé.

Personne ne rit jamais AVEC lui, alors il doit bien se douter que c'est un vrai gland. Mais s'il est fêlé, comment se fait-il qu'il puisse avoir une conversation normale de temps en temps ? Et qu'il soit capable de créer des origamis et d'avoir des super notes en maths (mais pas ailleurs) ?

Le témoignage suivant parle justement d'un Dennis plutôt futé, même s'il reste très, très bizarre.

ORIGAMI YODA ET LA TÊTE DE SHAKESPEARE

(PRONONCER CHEKSPIRE)

PAR CASSIE

Si j'ai posé une question à Origami Yoda, c'est parce que j'avais cassé la tête de Shakespeare de M. Snider.

Pour commencer, je ne sais pas pourquoi M. Snider a voulu avoir un buste de Shakespeare dans sa classe. C'est moche, et en plus, je ne crois pas qu'on ait étudié quoi que ce soit de Shakespeare – ou alors, je n'écoutais pas.

Autre chose que je ne comprends pas : c'est comment on peut avoir autant de braillards pas malins et empotés dans notre classe – genre Havey et Kellen – qui n'arrêtent pas de s'affaler n'importe où, de balancer des trucs et de se conduire comme des imbéciles, sans qu'aucun d'eux n'ait jamais fait tomber le buste. Alors que je suis simplement passée à côté et qu'il est tombé pratiquement sans que je le touche.

Bref, c'est comme ça. C'est moi qui l'ai cassé. Il est tombé du bord de la fenêtre, s'est écrasé par terre et s'est ouvert comme un de ces lapins en chocolat de Pâques creux à l'intérieur. Je pense que le fait qu'il soit creux signifie que ce n'était pas une vraie statue, mais j'ai quand même eu la peur de ma vie quand je l'ai vu en morceaux.

Je ne savais pas à quelle punition j'allais avoir droit, mais je craignais le pire.

Heureusement, j'étais seule dans la salle quand c'est arrivé. M. Snider était dans la salle des profs, et la plupart des élèves traînaient au CDI, où ils vont tous les jours avant les cours. J'ai essayé de faire ça aussi, mais quand on n'a personne avec qui traîner, on s'ennuie. Et je n'ai personne. Je suis arrivée dans ce collège en janvier, et je n'ai pas encore trouvé quelqu'un avec qui j'aurais envie de traîner.

Bref, la tête de Shakespeare était cassée en six morceaux. J'ai sorti tous les livres de mon sac à dos, et puis j'ai ramassé les morceaux du buste et je les ai fourrés dedans.

Ensuite, il n'y avait plus qu'à attendre de voir ce qui allait arriver.

J'ai attendu tout le cours avec ce qui restait de la tête de Shakespeare dans mon sac, et il ne s'est rien passé.

Et puis, juste à la fin du cours, M. Snider a remarqué la disparition du buste.

- Où est Shakespeare ? a-t-il demandé.

Je n'ai pas bougé.

- Est-ce que vous l'avez caché quelque part ? a-t-il insisté.

Je n'ai toujours pas bougé.

La sonnerie a retenti et je me suis levée pour filer.

- Ohé, attendez. Rasseyez-vous, a ordonné M. Snider. Je veux bien qu'on me fasse une blague, mais je tiens à ce que Shakespeare soit revenu demain, car il a pour moi une valeur sentimentale. C'est compris ?

Comme tous les autres, je suis restée figée. J'avais peur que M. Snider ne se tourne vers moi, mais il avait les yeux fixés sur Dennis, qui était évidemment le suspect principal, vu qu'il était assez cinglé pour piquer une tête de Shakespeare.

– C'est bon, allez-y, a dit enfin le prof.

Et on s'est tous précipités vers la sortie.

Jusque-là, pas de problème. J'ai pu quitter la salle avec les morceaux dans mon sac. Dès que je serais rentrée chez moi, je n'aurais qu'à les jeter à la poubelle et je serais sauvée. Je ne me sentais pas fière de traiter comme ça la valeur sentimentale ou je ne sais quoi de M. Snider, mais qu'est-ce que je pouvais faire d'autre ?

À la fin de la journée, j'ai pris le car avec Shakespeare dans mon sac et Dennis à côté de moi. Il s'assoit tous les jours à côté de moi. Ou plutôt, c'est moi qui m'assois avec lui. Quand j'ai commencé à prendre le car, en janvier, la seule place qui n'était pas réservée pour quelqu'un était celle-là. D'habitude, Dennis

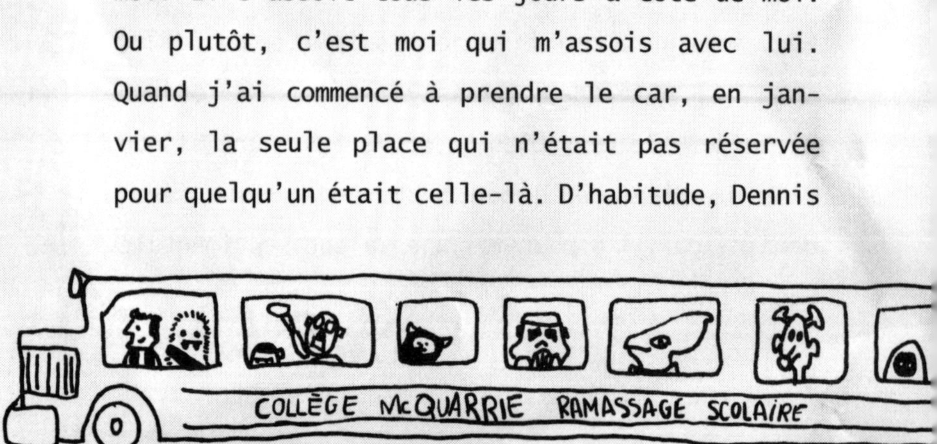

parle de robots, d'araignées ou de trucs comme ça, mais, cette fois-ci, il m'a parlé tout de suite de mon sac à dos.

- Être ou ne pas être dans le sac à dos, telle est la question, a-t-il dit en prenant une voix un peu théâtrale.

- Quoi ? j'ai demandé.

Le mot sac à dos m'avait fait sursauter. Est-ce qu'il savait ?

- Ô Shakespeare, Shakespeare, pourquoi es-tu Shakespeare ? Et pourquoi faut-il que tu sois dans ce sac ? a-t-il déclamé.

- Chuuuut ! j'ai chuchoté. Comment tu as su ?

- Élémentaire, ma chère Cassie, a-t-il répondu en chuchotant aussi, mais en gardant sa voix de théâtre. Quand on a pris le car ce matin, tes livres étaient dans ton sac. Mais maintenant, ils sont sur tes genoux, et, pourtant, ton sac est quand même plein. Il y a donc autre chose dedans. Et pas la peine d'être Sherlock Holmes pour deviner ce que c'est…

- Tu vas le dire à M. Snider ?

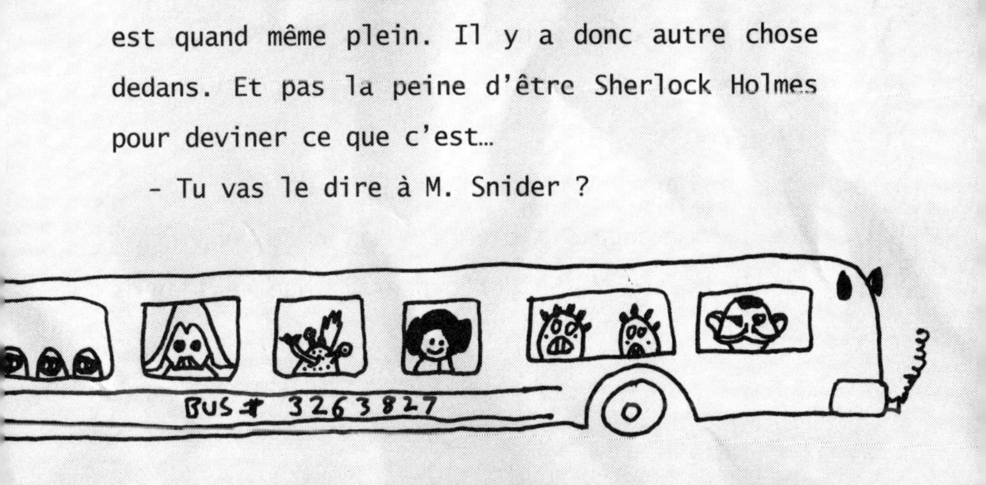

– Pas besoin, a-t-il répliqué. Je l'ai vu regarder ton énorme sac quand tu es sortie de classe. J'imagine qu'il te teste pour voir si tu vas rapporter le buste ou pas.

– Mais je ne peux pas le rapporter, ai-je dit à voix basse. Il est cassé.

– Seigneur, quelle calamité ! a murmuré Dennis, toujours aussi emphatique. Puis-je voir la victime ?

J'ai entrouvert mon sac pour qu'il puisse jeter un coup d'œil à l'intérieur.

– Diantre, on dirait bien un meurtre. De quoi t'es-tu servie ? Du tisonnier ou du chandelier ?

– Mais non, c'était juste un accident.

– Si c'était un accident, pourquoi sortir subrepticement la victime ?

– Je ne voulais pas avoir d'ennuis.

– Ah, mais maintenant, tu vas avoir des ennuis bien plus graves. Comme disent les Romains, *Vorpius de liporius octo :* la dissimulation du crime est pire que le crime.

Je flippais vraiment, et je dois même avouer que je commençais à pleurer. Si je ne rapportais pas le buste, M. Snider penserait que je l'avais volé. Et si je le rapportais, il verrait que je l'avais cassé et pourrait même croire que je l'avais fait exprès. Et, de toute façon, il saurait que j'avais essayé de me défiler.

- Qu'est-ce que je dois faire ? j'ai demandé.

- Si tu consultais Origami Yoda ? a proposé Dennis.

- Je ne rigole pas…

- Origami Yoda ne plaisante pas non plus, a assuré Dennis.

- Laisse tomber, j'ai dit.

Le car était encore à dix minutes de chez moi, et, après cinq minutes passées à me creuser la cervelle sans rien trouver, je me suis ravisée :

- D'accord, qu'est-ce que je devrais faire, selon Origami Yoda ?

Dennis a posé la marionnette sur son doigt et a dit:

- Un nouveau fabriquer tu dois.

- Il raconte n'importe quoi. Je ne peux pas en faire un nouveau.

- Il a dit que tu devais.

- Mais je ne peux pas.

- Tu dois.

– Mais…

– TU DOIS ! a crié Yoda.

J'étais contente d'arriver à mon arrêt.

Le temps de marcher jusqu'à chez moi, je me suis dit que Dennis était dérangé, qu'Origami Yoda était dérangé, mais qu'ils avaient probablement raison.

Je ne pourrais jamais fabriquer un Shakespeare qui tromperait M. Snider, mais j'arriverais peut-être à en faire un qui remplacerait l'ancien et qui prouverait à M. Snider que je n'avais pas tué son Shakespeare exprès.

Et c'est exactement ce qui s'est passé.

J'ai appelé ma mère à son travail pour lui demander de m'acheter un gros tas de pâte à modeler genre Play-Doh pas chère en rentrant de son travail. Je lui ai expliqué que c'était pour un projet de classe, ce qui n'était pas faux.

Je me suis servie des morceaux du vieux buste cassé comme modèle, et j'estime que je me suis pas mal débrouillée, vu que je n'avais que de la fausse Play-Doh bleu vif et rouge. Shakespeare s'est donc retrouvé avec le visage rouge et les cheveux bleus.

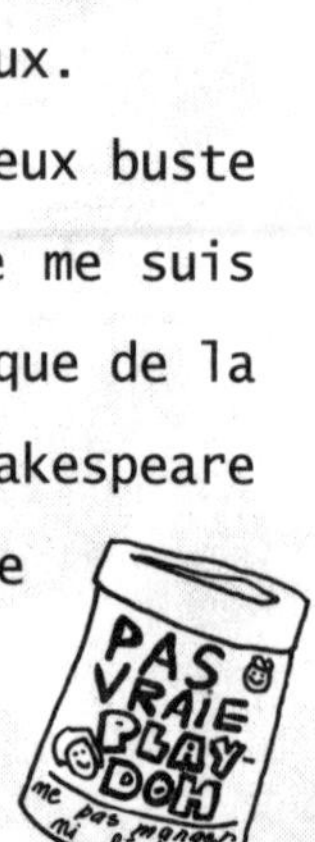

Le lendemain matin, quand j'ai montré mon œuvre à M. Snider, il a éclaté de rire et ne s'est pas fâché du tout. Il a même dit que le nouveau Shakespeare aurait encore plus de *valeur sentimentale* que l'ancien.

Et le buste en pâte à modeler trône toujours dans sa classe, même s'il a pas mal séché, qu'il s'effrite un peu et que son nez tombe de temps en temps. Mais on arrive à le recoller en le léchant un petit peu.

Commentaire de Harvey

Ce truc était vraiment censé être Shakespeare ? Je croyais que c'était le cheval de Davy Crockett.

Mon commentaire : L'une de mes théories, c'est qu'Origami Yoda existe pour de vrai parce que Dennis est trop ignare pour penser tout seul aux sages conseils que donne sa marionnette. Mais l'histoire de Cassie me fait douter de ça, parce qu'elle montre que Dennis peut très bien réfléchir sans l'aide de Yoda.

Cependant, le prochain récit va montrer le contraire : non seulement Dennis ne sera pas assez intelligent pour être Origami Yoda, mais il ne sera même pas assez malin pour écouter Origami Yoda. Bon, il faut dire que cette fois-là, moi non plus.

ORIGAMI YODA CONTRE LE VAMPIRE

PAR LANCE

Tout le monde devait aller voir ce film qui s'appelait : *Prédateur intérieur, la Légende du Vampire.* Tout le monde, sauf moi, car mes parents me défendaient d'aller voir des films interdits aux moins de 16 ans. Que tout le collège y aille ne les influencerait pas ; ils se ficheraient de moi en répliquant que si tout le monde se jetait par la fenêtre, etc. Ce qui n'a rien à voir.

J'ai demandé son aide à Yoda, et Dennis a pris sa petite voix rauque pour répondre :

- Nul le film est.

- Je croyais que tu avais super envie de le voir, j'ai dit à Dennis.

– J'en meurs d'envie, a confirmé Dennis. Ça va être une tuerie !

Mais, la seconde d'après, il a repris sa voix de Maître Yoda et agité sa marionnette en papier en lançant :

– Raté complètement c'est. Lamentables sont les effets spéciaux. Ton argent garder tu dois.

Alors je n'y suis pas allé – je n'avais pas vraiment le choix, de toute façon, à cause de mes parents.

Le lundi, j'ai demandé à tout le monde comment c'était, et ils ont tous dit que c'était nul, que les effets spéciaux étaient lamentables et qu'ils avaient gaspillé leur argent ! Même Dennis.

Commentaire de Harvey

Mais oui, bien sûr. L'explication logique est cette fois assez simple : Dennis avait dû lire une mauvaise critique du film sur Internet ou ce genre de truc. Ou bien il s'est douté qu'un film avec un titre aussi débile serait forcément un film débile.

Mon commentaire : Mince, j'aurais dû écouter Origami Yoda. Ce film était un VRAI NAVET !

ORIGAMI YODA ET LA GRANDE PAS SYMPA

PAR MARCIE (4E)

Origami Yoda est la plus grande stupidité de tous les temps ! Une arnaque totale ! Et si tu crois que c'est autre chose qu'un bout de papier, tu es un imbécile.

Je le sais parce que j'ai cru en lui et qu'il m'a fait passer pour une idiote.

C'est de ma faute : je n'avais qu'à pas écouter des petits de sixième !

Je prends tous les jours le car avec le débile qui se balade avec le Yoda au bout du doigt.

Un jour, tous ces mômes de sixième n'arrêtaient pas de discutailler, comme quoi on pouvait demander n'importe quoi à Origami Yoda, qu'il savait tout, etc.

Et ils ont raconté les fois où Origami Yoda avait prédit des trucs. Je sais, ça paraît débile maintenant, mais ils avaient l'air d'y croire dur comme fer, et j'avais une question à poser.

En fait, j'avais gagné le concours d'orthographe de ma classe et j'allais disputer celui du collège. Quand on gagne le concours du collège, on passe au niveau municipal, et ensuite au niveau régional ; et si on gagne le concours régional, on va disputer le concours national, on passe à la télé et on gagne des prix ! Le type de quatrième qui a gagné le concours régional l'année dernière a empoché cent dollars.

Je voulais gagner moi aussi, mais c'est tellement ennuyeux d'apprendre par cœur toutes ces listes de mots IDIOTS qu'on ne comprend même pas !

Et puis c'est impossible de mémoriser quoi que ce soit quand tout le monde est en train de parler d'Origami Yoda et de lui poser des tas de questions stupides. Alors j'ai demandé :

- Origami Yoda, peux-tu m'indiquer quel mot je dois apprendre pour gagner le concours d'orthographe ?

(Qu'est-ce que je me sens crétine d'avoir parlé à une marionnette à doigt, maintenant que je sais que ce n'est qu'une marionnette à doigt… Mais il faut se rappeler que tout le monde disait qu'elle était magique. Bon, bref.)

Le gamin a brandi son Yoda et m'a dit d'une petite voix stupide :

- Demain je te dirai. Me reposer maintenant je dois. Dans l'avenir regarder il faut.

Ensuite il a rangé sa marionnette dans sa poche et n'a plus voulu la ressortir.

- Trop aimable ! Va jouer, tête de piaf, j'ai lâché. Et maintenant, vous voulez bien la fermer pour que je puisse apprendre ma liste de mots.

Le lendemain, dès que je suis montée dans le car, le gosse a brandi son Yoda en disant le mot *frodule*.

- Quoi ?

- *Frodule* à épeler apprendre tu dois. Pense à mettre *au*.

– Bon, alors comment tu écris ça ?

– Cherche dans le dico, a répondu le gamin.

Quelle andouille ! Mais j'ai quand même regardé dans ma liste et je l'ai trouvé. Sauf que ça ne s'écrivait pas *frodule*, mais *frauduleux*. C'est exactement le genre de mot à la noix que personne ne connaît et qu'ils adorent mettre, dans les concours d'orthographe.

Bon, ça m'a convaincue, d'avoir trouvé le mot dans la liste. J'ai marché à fond, comme une idiote de première. J'étais certaine qu'avec ça, j'allais devenir la championne du collège. Je n'ai même pas pris la peine d'apprendre la fin de la liste.

Enfin, le jour du concours est arrivé. Ça s'est déroulé dans la cantine, avec tout le collège qui regardait. Toute ma classe était là pour me soutenir.

Dans les concours d'orthographe, le premier tour est toujours fastoche. J'ai dû épeler *marron*. Personne n'a été éliminé.

Ensuite, je suis tombée sur des mots comme *aujourd'hui*, *franchement* et *politicien*.

Et puis, au cinquième tour, on m'a demandé d'épeler *démengéson*. Enfin, je croyais que c'était *démengéson*. En fait, c'était *démangeaison*. Le juge a fait sonner une petite cloche, et j'ai dû aller m'asseoir avec le public pour suivre la fin du concours. J'étais furieuse.

C'est un petit sixième qui a gagné le concours avec le mot *frayeur*. Oui, *frayeur* et pas *frauduleux !* Personne n'est tombé sur le mot *frauduleux !* Ça m'a rendue encore plus furax !

Après les cours, dans le car, j'ai dit au gosse de Yoda qu'il n'était qu'un crétin, et puis j'ai dit à tout le monde qu'Origami Yoda n'était qu'un bout de papier bon à rien.

Mais, quitte à me répéter, la plus crétine, c'est moi, pour avoir cru un truc aussi bête !

Commentaire de Harvey

Enfin ! Je suis content que quelqu'un se soit rendu compte que toute cette histoire n'est qu'une vaste imbécillité. Même si, franchement, je suis un peu surpris qu'une quatrième se soit laissé prendre. (À propos, je suis arrivé deuxième au concours d'orthographe du collège, et j'aurais gagné si le juge avait mieux prononcé les mots.)

Mon commentaire : En fait, je ne crois pas que Harvey ait saisi le sens de ce récit. Il ne s'agit pas seulement du fait qu'Origami Yoda n'ait pas donné le bon mot mais plutôt de savoir POURQUOI il n'a pas donné le bon. Je me demande en effet s'il s'est trompé ou s'il a joué à Marcie un tour de Jedi.

Réfléchissez...

Dennis a dit à Marcie que Yoda lui donnerait une réponse le lendemain.

Mais, au lieu de le remercier, elle le traite de tête de piaf.

La bonne question est : pourquoi Dennis, ou Yoda, aurait-il voulu aider une fille qui venait de l'insulter ? Je crois que l'un des deux lui a donné exprès le mauvais mot pour la faire perdre !

Et si Marcie avait regardé le mot *frauduleux* dans un dictionnaire, comme je l'ai fait, elle l'aurait sûrement compris. Frauduleux signifie : qui cherche à contourner la loi ou à tromper quelqu'un. Dennis et/ou Origami Yoda la prévenait donc qu'en essayant de tricher, elle allait se faire avoir.

ORIGAMI YODA ET LE BOUFFEUR DE CURLY

PAR QUAVONDO

Origami Yoda m'a beaucoup aidé, même si Dennis ne voulait pas qu'il le fasse. Je suis allé voir Dennis et je lui ai dit:

- J'ai besoin du conseil de Yoda.

Il m'a répondu :

- Va voir ailleurs, Bouffeur de Curly.

C'était justement à cause de cette histoire de Bouffeur de Curly que j'avais besoin du conseil de Yoda.

Ce qui s'est passé, c'est que pendant une sortie de classe au zoo, on a repéré un distributeur juste à côté de la buvette, tout près des bisons. M. Howell nous avait interdit d'acheter quoi que ce soit dans les buvettes ou aux marchands de glaces, mais il n'avait pas parlé des distributeurs.

Alors on s'est tous précipités sur l'appareil, et c'est moi qui suis arrivé le premier. Les trucs salés coûtaient deux dollars chacun ! C'étaient des tout petits sachets, le genre qui ne vaut pas plus de soixante-quinze centimes dans les supermarchés.

Mais j'avais l'argent que ma mère m'avait donné pour la sortie, et je me suis dépêché de mettre mes pièces avant de me faire pousser par les autres.

Au moment où je venais d'introduire ma deuxième pièce, M. Howell est arrivé et nous a passé un savon. En gros, il nous a dit qu'on aurait dû savoir qu'on n'avait pas non plus le droit d'acheter des trucs dans les distributeurs. Mais comment voulait-il qu'on le sache, s'il ne l'avait pas dit ?

Tout le monde s'est mis à râler. Mais les autres n'avaient pas déjà mis deux dollars dans la machine.

- Mais, monsieur Howell, j'ai protesté, j'ai déjà mis deux dollars dedans, et j'ai pas encore appuyé sur le bouton !

- Miséricorde, a dit M. Howell. Vous n'avez qu'à appuyer sur la touche de remboursement, Quavondo.

J'ai appuyé dessus, mais ça n'a pas marché. En plus, tout le monde s'était rassemblé autour et regardait - Harvey, Tommy, Patate Ronde et à peu près tous les types de la classe.

- Bon, d'accord, a grommelé M. Howell. Choisissez quelque chose, Quavondo, mais c'est fini. Personne d'autre. Je ne plaisante pas. C'est vraiment du gaspillage.

J'ai pressé la touche pour un sachet de Curly. Le sachet est sorti, je l'ai pris et il n'y avait presque rien dedans. Encore moins que dans les sachets à soixante-quinze centimes. Quand je me suis retourné, la moitié de la classe attendait que je partage avec eux. Bon, j'aurais été d'accord pour partager avec une personne, mais là, il n'y avait même pas assez de Curly pour en donner un à chacun. Et j'avais faim.

C'est là que ça s'est gâté. Tout le monde essayait de se servir, alors j'en ai eu marre et j'ai tout fourré dans ma bouche. Mais j'ai commencé à m'étouffer, et Harvey a balancé :

- Bien fait pour toi, Bouffeur de Curly !

Tout le monde a rigolé.

Et, au lieu de les faire taire, M. Howell a juste dit que c'était pour ça qu'il ne voulait pas qu'on achète des cochonneries. Franchement, s'il avait expliqué ça dès le début, je n'aurais peut-être pas gaspillé deux dollars pour manquer de mourir asphyxié !

Donc, depuis cette histoire, tout le monde était horrible avec moi et m'appelait Bouffeur de Curly. Un jour, en maths, j'ai eu besoin d'emprunter une gomme, et personne n'a voulu m'en prêter jusqu'à ce que M. Howell oblige Kellen à me passer la sienne.

Je commençais à en avoir ras le bol, quand j'ai entendu dire que Yoda avait aidé Mike à ne plus chialer en EPS. J'ai pensé que j'allais lui demander conseil. Mais Dennis ne voulait pas. Il a dit :

- As-pas estion-quas, ouffeur-Bas e-das urly-Cas.

- Allez, Dennis, c'est justement à cause de ça que je veux interroger Yoda.

– Ême-mas as-pas en êve-ras, a-t-il répliqué. Mais alors, il s'est passé un truc vraiment flippant : sa main droite s'est dressée toute seule, et il avait la marionnette Yoda plantée sur son doigt.

– Curly pour tous acheter tu dois, a dit Dennis avec sa voix de Yoda.

Et puis il s'est plaqué LUI-MÊME la main sur la bouche. Mais sans que ça l'empêche de continuer à parler.

– Rassemblement des sixièmes demain il y aura, a-t-il marmonné à travers ses doigts. Tous les Curly donner il faudra. Et gros paquets être ils devront !

– Mais je ne peux pas apporter des Curly pendant un rassemblement ! Tu sais bien que le règlement interdit d'apporter de la nourriture en salle de gym ! Je vais m'attirer des ennuis !

– Mieux encore ! a gloussé Yoda. Plus d'ennuis il y a, mieux c'est !

À ce moment-là, Dennis – qui avait toujours la main plaquée sur la bouche et qui parlait toujours avec la voix de Yoda – a mis son blouson sur sa tête et s'est laissé tomber sous la table.

Tout le monde à la cantine regardait, évidemment.

- Mais je ne peux pas faire ça, j'ai répété en me tournant vers Tommy et Kellen, qui étaient là aussi.

Mais tout ce qu'ils m'ont dit, c'est :

- La ferme, Bouffeur de Curly.

Alors, ce soir-là, mon grand frère m'a emmené au supermarché discount de la Route 24.

Il n'était pas question d'acheter des Curly pour tout le collège. Mais j'ai calculé qu'on était cent seize élèves de sixième, et là, ça paraissait envisageable.

J'ai trouvé des maxi paquets de douze sachets de quatre-vingts grammes à 6,34 $, et j'en ai pris dix, ce qui m'a donné cent vingt sachets et m'a coûté carrément 63,40 $!

Coup de bol, ma grand-mère m'avait envoyé cinquante dollars pour mon anniversaire, et j'ai pu emprunter le reste à mon frère.

Le lendemain matin, j'ai casé la plupart des sachets dans mon sac à dos et dans mon vieux sac Spiderman que je n'utilise plus. J'ai dû laisser tous mes bouquins à la maison, et puis j'ai mis mon blouson d'hiver, parce qu'il est plein de poches et que j'ai pu ranger le reste des sachets dedans. Il faisait encore un peu froid dehors, alors ça ne me donnait pas l'air trop barge - enfin, j'espère.

Dès que je suis arrivé au collège, j'ai tout fourré dans mon casier.

Yoda avait raison pour le rassemblement. Vous n'allez pas le croire, mais, tous les deux mois, un type vient avec une marionnette censée être un singe chanteur pour nous enseigner l'hygiène. Il se fait appeler M. Propreté et son singe, Savonnette.

M. Propreté fait un spectacle par niveau de classe, et nous, les sixièmes, on ne devait le voir qu'à 13 h 30, juste après le déjeuner.

Et vous vous rappelez que la veille, à la cantine, tout le monde avait entendu Dennis/Yoda et savait donc ce que je préparais. Alors ils n'ont pas arrêté de me harceler toute la matinée.

- T'as vraiment apporté des Curly, Quavondo ? J'y crois pas, a fait Patate Ronde.

Ça marchait déjà ! Il m'avait appelé par mon nom au lieu de dire Bouffeur de Curly !

M. Propreté
et
le singe SAVONNETTE
présentent :
"Vaincre les problèmes d'odeur"

- Oui, chut, ne dis rien à mademoiselle Toner.

- Tu parles. Donne-les maintenant.

- Non, je dois attendre le rassemblement.

- Pourquoi ? a-t-il demandé.

- C'est Yoda qui l'a dit, j'ai répondu.

J'ai promis à tout le monde qu'ils auraient leurs Curly.

Je ne savais pas trop comment j'allais faire pour les distribuer, parce que je savais que les profs, surtout M. Howell ou Mlle Toner, m'arrêteraient certainement s'ils me voyaient avec.

Alors j'ai demandé à Origami Yoda, et il m'a dit :

- Vite faire tu dois.

Dennis a ajouté que je pouvais lui donner son sachet de Curly tout de suite, mais je lui ai répondu la même chose qu'à tout le monde :

- Yoda a dit d'attendre.

Alors, dès que j'ai entendu la sonnerie pour le rassemblement, je me suis précipité dans le couloir.

Les élèves de ma classe m'ont couru après. Et quand les autres sixièmes nous ont vus courir dans le couloir, ils se sont mis à courir aussi, pour ne pas rater les Curly.

Malheureusement, M. Howell nous a vus passer devant sa porte.

- On ne court pas pour aller au rassemblement ! a-t-il lancé.

Je n'avais pas fermé mon casier à clé exprès, aussi je n'ai eu qu'à attraper mes deux sacs et mon blouson avant de me remettre à courir.

Des types ont essayé de me les prendre, mais j'ai crié:

- Non. Yoda a dit d'attendre le rassemblement !

On a fait irruption dans la salle de gym, et alors, ça a été la folie de la distribution. J'ai bien essayé de donner un sachet à la fois, mais tout le monde se poussait et j'y ai renoncé. Je n'arrêtais pas de répéter :

- Un seul sachet par personne !

À un moment, j'ai levé les yeux, et j'ai vu que M. Propreté se tenait sur l'estrade avec son singe et nous regardait avec de grands yeux.

Quand M. Howell est arrivé, tout le monde avait été servi et s'empiffrait de Curly.

- Mais qu'est-ce qui se passe ici ? Quavondo, c'est vous le responsable ? Vous avez passé un marché avec Curly ou quoi ? Bon, allez directement au bureau de la principale. Je vous rejoins pour parler de ça avec madame Rabbski et remplir votre billet de retenue.

Mlle Toner est arrivée. Elle a donné un coup de sifflet et a crié :

- Les autres, allez jeter ces sachets à la poubelle. Je ne plaisante pas. N'essayez pas de cacher le vôtre dans votre chemise, Harvey, je vous ai vu ! Je veux tous ces paquets à la poubelle, IMMÉDIATEMENT !

J'ai donc passé le reste de la journée en retenue dans le bureau de la principale. Mme Rabbski m'a dit que j'avais fait honte à tout le collège et que j'avais été grossier envers M. Propreté. Elle a rédigé un mot que je devais faire signer par mes parents et j'ai dû écrire un devoir de quatre pages sur la nutrition plus une lettre d'excuse à M. Propreté. On m'a raconté après que presque tous les Curly étaient partis à la poubelle. Soixante-trois dollars fichus en l'air !

Mais ça valait quand même le coup, parce que pratiquement plus personne ne m'appelle Bouffeur de Curly, maintenant !

Commentaire de Harvey

Tout ce que ça prouve, c'est que Dennis est aussi cinglé qu'un grand singe déplumé. J'étais là quand il a fait son cirque avec sa main plaquée sur sa bouche, et c'était carrément la honte. Pourquoi faut-il qu'il soit à notre table ? Pourquoi on ne m'a pas laissé l'éjecter ?

De toute façon, le conseil qu'a donné Dennis n'avait rien à voir avec Yoda. Tout ce qu'il voulait, c'était un paquet de Curly gratos. Et il l'a eu. Je l'ai vu engloutir tout le sachet en une seconde pendant que Mlle Toner nous demandait de les jeter. Si j'avais une bouche aussi énorme que la sienne, je n'aurais pas eu besoin d'essayer de planquer mon sachet dans ma chemise.

Ensuite, j'ai un message pour Quavondo : Bouffeur de Curly un jour, Bouffeur de Curly toujours.

Mon commentaire : Harvey se plante complètement. C'était le meilleur conseil que Yoda ait jamais donné. Quavondo est passé du statut de Bouffeur de Curly méprisé à celui de héros. Et le fait qu'il ait eu des ennuis avec la principale l'a rendu encore plus populaire. Yoda avait prédit ça aussi.

ORIGAMI CHEWBACCA ET LES BILLETS DE RETENUE NON SIGNÉS

PAR TOMMY

J'ai souvent demandé à Dennis d'écrire un chapitre à mettre dans mon dossier. Mais il a toujours refusé.

Et puis, un jour où j'insistais, il a répondu :

- Tu devrais mettre ça dedans.

Et il a sorti un tas de papiers de son sac. La plupart étaient simplement froissés, mais il y en avait un de plié pour faire un Chewbacca en origami. Enfin, c'était soit ça, soit un gorille avec une cravate. Il n'était pas du tout aussi réussi qu'Origami Yoda.

J'ai déplié certaines feuilles et je me suis aperçu que c'étaient des billets à faire signer à ses parents, sauf qu'ils n'avaient jamais été signés.

Billets de retenue

Élève : Dennis Tharpe **Heure :** 8h36

Professeur : M. Howell **Date :** 20 Mars

Motif de la retenue:

[ ] Attitude agressive **[ ] Tenue incorrecte**

[ ] Retard **[ ] Langage incorrect**

[X] Autre (si Autre, expliquer le motif) : Refuse de retirer une marionnette à doigt pendant les cours.

Signature des parents : ______________________

Doit être signé par l'un des parents ou le responsable légal et rapporté dans les deux (2) jours ouvrables.

Billets de retenue

Élève : Dennis Tharpe
Professeur : M. Howell
Heure : 10 h 06
Date : 4 avril

Motif de la retenue:
[ ] Attitude agressive
[ ] Retard
[X] Autre (si Autre, expliquer le motif) : Au lieu de résoudre le problème de maths au tableau, l'élève a mangé la craie.
[ ] Tenue incorrecte
[ ] Langage incorrect

Signature des parents : ____________
Doit être signé par l'un des parents ou le responsable légal et rapporté dans les deux (2) jours ouvrables.

Élève : Dennis Tharpe
Professeur : M. Howell
Date :

Motif de la retenue:
[ ] Attitude agressive
[ ] Retard
[X] Autre (si Autre, expliquer le motif) : Refuse de retirer une marionnette à doigt pendant un contrôle de connaissances.
[ ] Tenue incorrecte
[ ] Langage incorrect

Signature des parents : ____________
Doit être signé par l'un des parents ou le responsable légal et rapporté dans les deux (2) jours ouvrables.

… retenue

… Dennis Tharpe
Professeur : M. Howell
Heure : 10 h
Date : 12 avril

Motif de la retenue:
[ ] Attitude agressive
[ ] Retard
[X] Autre (si Autre, expliquer le motif) : N'a pas rapporté les précédents billets de retenue signés par les parents.
[ ] Tenue incorrecte
[ ] Langage incorrect

Signature des parents : ____________
Doit être signé par l'un des parents ou le responsable légal et rapporté dans les deux (2) jours ouvrables.

DENNIS ET LA BAGARRE

PAR TOMMY

Cette histoire est dingue pour plein de raisons.

D’abord parce qu’elle devrait être racontée par Caroline, mais, je ne sais pas pourquoi, elle refuse de me parler d’Origami Yoda ou de Dennis.

Ensuite, parce qu’Origami Yoda n’y est pas très actif, mais qu’il est le sujet même du récit. (Vous comprendrez quand vous aurez lu.)

Un autre truc dingue, c’est que j’ai failli me faire casser la figure en essayant de déterminer ce qui s’était réellement passé !

Voilà comment ça a commencé.

Cette fille, Caroline, est venue pendant la cantine. Bon, maintenant, vous savez que c’est

Sara qui me plaît, et que c'est Rhondella qui plaît à Kellen, mais on ne peut pas nier que Caroline est super cool et mignonne, elle aussi. Seulement, à part m'asseoir à côté d'elle sur l'estrade les soirs de bal du collège, je ne la connais pas vraiment, vu qu'elle est en cinquième.

Elle est célèbre dans tout le collège parce qu'elle sait lire sur les lèvres. Elle porte un appareil auditif, mais il paraît qu'elle comprend ce que vous dites rien qu'en regardant remuer votre bouche. Je suppose qu'elle est sourde, mais je ne l'ai jamais vue employer le langage des signes, et elle a l'air de parler normalement, quoiqu'elle ne dise pas grand-chose, les soirs de bal.

Bref, un jour, à la cantine, elle est venue parler à Origami Yoda. Elle paraissait malheureuse. Peut-être même qu'elle avait pleuré, mais là, elle avait surtout l'air furieuse.

- Est-ce qu'Origami Yoda est avec toi, aujourd'hui ?

- Hon hon, a fait Dennis, la bouche pleine.

(C'est déjà dur pour n'importe qui de le voir parler la bouche pleine, mais quand on essaye de lire sur les lèvres et qu'on voit des bouts de viande dégouliner de sa bouche, ça doit être un cauchemar !)

Il a sorti Origami Yoda de sa poche et l'a mis sur son doigt.

- Bon, est-ce que Yoda peut me dire quoi faire avec Zack Martin ? Regarde dans quel état il a mis les crayons que m'a donnés ma grand-mère.

Elle a montré trois crayons cassés en deux, sur lesquels il y avait marqué son nom, cassé en deux lui aussi : « Caro / line Broome » ou « Caroli / ne Broome ».

- Pourquoi il a fait ça ? j'ai demandé.

- Il se vantait qu'il pouvait casser des crayons d'une seule main, et puis il en a attrapé trois sur ma table et les a brisés d'un seul coup. On me les a offerts hier soir et je n'avais même pas eu le temps de les tailler !

Moi aussi, j'avais essayé ce tour, une fois, mais avec un crayon à moi, évidemment. On place le majeur sous le crayon et les autres doigts par-dessus, et puis on claque la main contre

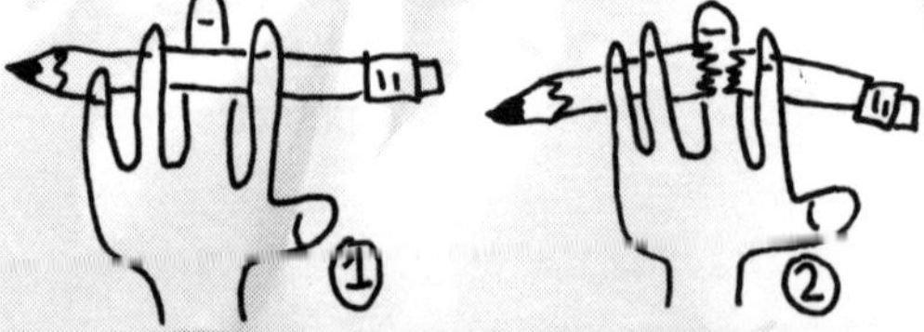

une table. Mon crayon était juste fêlé, mais ça m'avait fait un mal de chien. Alors si on prend trois crayons en même temps, il y a de quoi se péter les phalanges.

- Zack se conduit toujours comme ça, a-t-elle expliqué, et j'aimerais que Yoda me dise quoi faire pour qu'il arrête.

C'était un sacré défi, même pour Origami Yoda, qui, au bout du doigt de Dennis, avait l'air de réfléchir. Et puis la marionnette a chuchoté quelque chose à l'oreille de Dennis - en fait, Dennis se chuchotait quelque chose à lui-même !

Enfin, Dennis s'est tourné vers Caroline pour lui dire :

- Je m'en charge.

- Quoi ? a braillé Harvey. Qu'est-ce que tu comptes faire ?

Je pensais la même chose, et je crois qu'on était tous dans le même cas, y compris Dennis.

Il a regardé vers l'autre bout de la cantine, où Zack mangeait tout seul. On ne peut pas le rater, vu qu'il fait cinquante centimètres et soixante-dix kilos de plus que les autres cinquièmes. En réalité, il se rapproche plus de la taille de

M. Howell que de la nôtre. Il a redoublé au moins deux fois, et il doit avoir une quinzaine d'années.

J'ai eu affaire à lui un jour. J'avais traité un type de crétin et il s'est trouvé que c'était le cousin de Zack ou un truc comme ça. Alors Zack est venu me voir pour me dire de ne pas recommencer, et il m'a serré le bras comme un malade. Une autre fois, il a filé un coup super fort dans le dos de Harvey. Harvey a prétendu que Zack l'avait frappé sans raison, mais en fait, il avait dû faire le malin, comme d'habitude, et il l'avait bien cherché !

ZACK

Bref, Zack est le genre de mec qu'il vaut mieux éviter.

Dennis s'est tourné vers Caroline, et il a répété :

- Ouais, je vais m'en occuper.

- T'es pas obligé de faire quoi que ce soit, a dit Caroline. Je pensais juste que Yoda pourrait me donner un conseil pour arrêter Zack.

- Je m'en charge, a insisté Dennis.

Et puis il s'est levé et il a emporté son plateau vers les poubelles. C'était la première fois que je le voyais jeter de la nourriture.

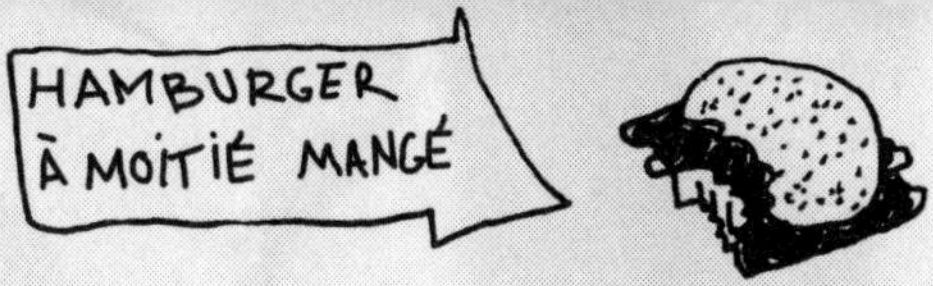

Pendant une minute, j'ai cru qu'il allait directement voir Zack, mais il s'est contenté de quitter la cantine.

Quand on est retournés en classe, Dennis n'était pas là. À la fin de la journée, il n'était pas non plus dans le car. Et ensuite, on ne l'a pas revu au collège de toute la semaine.

Mais on n'a pas attendu aussi longtemps pour découvrir en gros ce qui s'était passé.

Après la cantine, pendant que les cinquièmes retournaient en classe, Dennis, qui s'était planqué derrière une poubelle, a sauté sur Zack.

Zack lui a mis une dérouillée, bien sûr, mais comme tout le monde, y compris un prof, avait vu que c'était Dennis qui avait commencé, Dennis a été exclu pour une semaine, alors que Zack n'a eu qu'une retenue d'un après-midi en permanence. Et pourtant, il paraît que Dennis s'est retrouvé avec un gros bleu sous l'œil droit.

Plusieurs témoins m'ont raconté la bagarre, mais aucun n'avait bien entendu ce que Dennis avait dit à Zack. Et quand Dennis est revenu au collège, il n'a pas voulu en parler.

Lorsque j'ai décidé de constituer ce dossier, j'ai compris que si je voulais un témoignage de première main sur cette affaire, je devrais m'adresser à Zack en personne.

J'ai emprunté l'enregistreur de Kellen et je l'ai caché dans ma poche. Et puis je suis allé trouver Zack avant les cours et j'ai enregistré l'interview suivante :

TRANSCRIPTION D'UNE INTERVIEW DE ZACK MARTIN EN MICRO CACHÉ

Q : Je voudrais te poser une ou deux questions sur la bagarre que tu as eue l'autre jour avec Dennis.

R : Quoi ?

Q : Écoute, c'est pas pour t'attirer des ennuis. Je voudrais juste avoir ta version des faits.

R : Rien à cirer.

Q : Je t'assure, ce n'est vraiment pas pour te piéger.

R : Tant mieux.

Q : Qui a commencé ?

R : C'est lui.

Q : Qu'est-ce qui s'est passé ?

R : J'en sais rien.

Q : J'ai parlé à plusieurs témoins. C'est vrai qu'il a bondi de derrière une poubelle ?

R : Ouais.

Q : Est-ce qu'il a dit (je cite) : « Je fais du karaté ! » ?

R : [Grognement] Peut-être bien.

Q : Et c'est là qu'il a cherché à te donner un coup de pied ?

R : Ici. [Le sujet montre son tibia droit.]

Q : Et qu'est-ce que tu as fait ?

R : J'en sais rien.

Q : Est-ce que tu as dit, je cite : « T'es dingue ? » avant de le repousser ?

R : Possible.

Q : Est-ce que c'est vrai qu'il s'est relevé et qu'il est venu t'agiter son Origami Yoda sous le nez ?

R : C'était Yoda ?

Q : Oui, c'est une marionnette à doigt en papier plié.

R : [Rire mauvais.]

Q : Est-ce que Yoda t'a dit quelque chose ? Enfin, est-ce que Dennis t'a dit quelque chose en prenant la voix de Yoda ?

R : C'était supposé être Yoda ?

Q : Oui. Il a dit quelque chose ?

R : Ouais. Un truc débile du genre : « Si tu me fiches par terre, je deviendrai plus fort. »

Q : Vraiment ? Est-ce que ça ne serait pas :« Si tu me terrasses, je deviendrai bien plus puissant que tu ne peux l'imaginer. »

R : Peut-être bien.

Q : Ça vient de *Star Wars*, mais ce n'est pas Yoda qui dit ça, c'est…

R : On s'en fout. [Le sujet commence à s'éloigner de l'intervieweur/enregistreur.]

Q : Attends, tu peux me dire ce que tu as fait, après ?

R : Ouais, ça ! [Le sujet me met la main sur la figure et me pousse contre le mur.]

Je décide de mettre fin à l'interview.

Commentaire de Harvey

Eh bien, ça prouve au moins que Dennis est complètement idiot. Et si le « conseil » de la Boulette de papier Yoda était que Dennis aille se bagarrer avec Zack, c'est qu'Origami Yoda est lui aussi un imbécile.

Mon commentaire : Je ne peux pas vraiment dire le contraire.

ORIGAMI YODA ET LE GILET EN TRICOT

PAR KELLEN

Euh… je vais encore dire tout ça dans le micro, alors…

Il faut que je raconte ça parce que Tommy n'était pas là, et que si on n'a pas vu de ses propres yeux le gilet en tricot, on ne peut pas le décrire.

Bon, normalement, c'est pas moi qui vais critiquer ce que portent les autres, parce que je ne mets que des tee-shirts à quatre dollars - j'en ai toute une collection et il y en a qui sont particulièrement crétins, mais c'est pour ça qu'ils ne coûtent que quatre dollars. Et moi, je les aime bien.

Mais ce pull était si épouvantablement moche qu'on ne pouvait pas ne pas le remarquer.

Ça devait être sa grand-mère ou au moins une vieille tante qui l'avait tricoté, parce qu'aucun magasin ne vendrait un truc pareil.

Je me souviens surtout des petits pompons qui pendouillaient partout. Le pull était d'un vert couleur vomi avec une bande noire, et les pompons étaient roses. Il y avait aussi des boutons énormes et un grand D sur le devant. Et un renne orange dans le dos.

C'est sûr qu'il n'existe dans le monde entier qu'un seul type pour venir au collège avec un gilet pareil !

Et ce type-là, bien sûr, c'est Dennis !

Et quand un type fait un truc stupide, il y en a toujours un autre pour en faire trois tonnes.

Et ce type-ci, bien sûr, c'est Harvey.

- Oh ! dis donc, mais c'est quoi, ce machin que tu portes ? a questionné Harvey, bien trop fort pour le CDI.

- Un vêtement, a répondu Dennis.

- C'est la chose la plus moche que j'aie jamais vue, a dit Harvey.

- Et alors ? a dit Dennis. Est-ce qu'il faut que je l'enlève parce que ça ne te plaît pas ?

- Exactement, a répliqué Harvey. Sinon, je vais gerber !

- Sans blague, vieux, j'ai assuré, tu devrais vraiment le retirer.

Je voulais juste aider. Mais peut-être que je rigolais un petit peu trop en disant ça, et Dennis est parti vers une autre table.

Harvey ne voit jamais pourquoi il devrait s'excuser, mais moi, je me sentais assez embêté pour courir après Dennis.

- Eh ! vieux, je regrette, j'ai dit pour essayer d'arranger les choses. Mais tu sais, ton pull irait mieux à un petit de maternelle. C'est ta mère qui voulait que tu le mettes ?

- Chut, tais-toi, a dit Dennis, qui s'est figé en regardant droit devant lui.

Caroline Broom, la fille aux crayons cassés, entrait dans le CDI.

Dennis lui a fait signe. Il n'avait jamais fait signe à personne avant, sauf, peut-être, à des écureuils imaginaires ou ce genre de trucs. Elle lui a répondu. Et moi, j'ai lâché :

- Par la fourrure blanche des Wampas ! C'est qu'elle te plaît vraiment !

Dennis n'a rien dit.

- Et c'est pour elle que tu as mis ce gilet ?

Ses oreilles sont devenues toutes rouges.

- Mais enfin, Dennis. T'es malade ou quoi ? Écoute, pourquoi tu n'interroges pas d'abord Origami Yoda ?

- Non, merci, a fait Dennis. Tu ne pourrais pas la fermer ?

- Laisse-moi lui poser la question, j'ai insisté. Origami Yoda, est-ce que Dennis devrait…

- Tu vas la fermer ! m'a coupé Dennis, qui s'est précipité pour prendre ses livres et les a fait tomber avec un tas de crayons.

J'ai ramassé un crayon. C'était marqué « Caroline Broome » dessus, avec un petit smiley à côté. Ça devait être pareil sur les autres. Dennis avait dû les acheter pour remplacer ceux que Zack avait cassés.

Dennis m'a arraché le crayon des mains en hurlant :

- Donne-moi ça, DÉBILE !

Il y a deux façons de hurler au collège. On peut hurler, mais pas trop fort parce qu'on n'a pas envie de se faire remarquer par les autres élèves et par les profs. Et puis on peut hurler en étant tellement furax qu'on se fiche de tout ça. Et quand Dennis a hurlé « Débile ! », c'était la deuxième option, et tout le monde a levé les yeux vers nous. Mme Calhoun, la documentaliste, s'est redressée.

Mais Dennis regardait si Caroline le regardait, et, bien sûr, c'était le cas puisque tout le monde s'était tourné vers nous.

– Génial ! Maintenant, tu as tout gâché ! a-t-il lancé.

Et il est sorti du CDI en coup de vent, avant l'arrivée de Mme Calhoun. Du coup, c'est moi qui me suis fait enguirlander, comme quoi les élèves ont tendance à confondre bibliothèque et terrain de jeux, etc.

Ensuite, Harvey est arrivé et il a recommencé à se moquer du gilet de Dennis, mais j'en avais rien à faire. Et, bien sûr, je ne lui ai parlé ni de Caroline ni des crayons.

Quand les cours ont repris, Dennis avait retiré son gilet. Je lui ai fait passer un mot pour dire que je regrettais sincèrement, et, plus tard, il a fini par venir déjeuner avec nous, comme si de rien n'était.

Commentaire de Harvey

Ne me fais pas passer pour le méchant parce que je lui ai dit que son pull était hideux. Je lui ai rendu service.

Mon commentaire : Je suis content de ne pas avoir été là.

ORIGAMI YODA ET LE CHANTEUR NUL

PAR JENNIFER

G2manD à Yoda ki alé étr éliminé dla Nouvel Star. ila di C sra Terrell é il aV réson.

Commentaire de Harvey

Ben évidemment ! Terrell est complètement nul. Tout le monde savait qu'il allait se faire éjecter.

Mon commentaire : Mais j'ai demandé à Dennis s'il regarde la Nouvelle Star, et il a répondu que ses parents ne le laissent plus du tout regarder la télé. Alors comment aurait-il pu être au courant pour Terrell ?

En fait, ça soulève une question : Origami Yoda peut-il prédire l'avenir ? Et c'est aussi le sujet du témoignage qui va suivre !

ORIGAMI YODA ET LE CONTRÔLE SURPRISE

PAR SARA

Hum, j'hésite à raconter cette histoire parce que je ne sais pas encore trop quoi en penser. Enfin, je ne sais toujours pas si j'ai eu raison ou pas. Mais Tommy n'arrête pas de me tanner pour que je la raconte, alors tant pis.

C'est un jour, au CDI, alors qu'on traîne avec Amy et Rhondella à notre table habituelle, juste avant les cours - exactement comme la dernière fois, pour cette histoire de twist.

Tommy et ses potes sont en train de discuter et ils font plein de boucan. Quand je lève les yeux, je m'aperçois que Dennis fait son numéro de Yoda avec son petit sourire en coin. Toujours pareil, quoi.

Harvey est debout, et il crie :

- C'est trop stupide, les mecs. Vous perdez complètement votre temps !

Qu'est-ce qu'il est bruyant, ce type ! Il aurait besoin d'un tranquillisant permanent, ou au moins d'une muselière.

Quelques minutes plus tard, Kellen débarque et se met à parler. Il s'adresse surtout à Rhondella, dont il est visiblement amoureux, mais à nous aussi quand même.

- Eh ! Il va y avoir un contrôle surprise au cours de Stevens aujourd'hui, sur la structure de la feuille. On ferait mieux de réviser !

(M. Stevens est le prof de SVT. On l'a en deuxième heure.)

- Comment tu le sais ? demande Rhondella.

- C'est Origami Yoda qui l'a dit.

- Alors tu crois en Origami Yoda ? insiste Rhondella.

- Absolument, répond Kellen. Il m'a déjà sauvé la vie une fois.

- Comment ça ?

- Euh… c'est plutôt personnel, réplique Kellen. Il faut que j'apprenne, pour le contrôle.

Là dessus, il part, et nous, on discute pour savoir quoi faire.

- Je crois qu'on devrait se mettre au travail, propose Amy.

Rhondella et elle sortent leurs bouquins de sciences et l'ouvrent à un grand dessin de feuille avec toutes les légendes - c'est ce qu'on a étudié pendant toute la semaine.

Je proteste :

- Moi, je crois que c'est quand même un peu de la triche.

Je suis arrivée en sixième sans avoir jamais triché ! Je n'allais pas gâcher mon record pour un stupide contrôle sur les parties de la feuille. De toute façon, je sais déjà presque tout.

- En quoi c'est de la triche ? me demande Rhondella.

- Eh bien, un contrôle surprise, ça doit être une surprise. Si on est prévenus à l'avance, ce n'est plus une surprise et c'est comme si on trichait.

- Mais on n'est pas SÛRS qu'il va y avoir un contrôle, explique Amy. Tout ce qu'on sait, c'est qu'un abruti nous dit qu'un autre abruti avec une marionnette sur le doigt dit qu'il va y en avoir un.

- Eh, proteste Rhondella, ne traite pas Kellen d'abruti.

- Pourquoi ? Il te plaît ? questionne Amy.

- Yak, bien sûr que non. Mais ce n'est pas un abruti.

- Bon, allez, je suis sérieuse, là. Est-ce que c'est tricher ? Parce que, si c'est de la triche, moi je ne révise pas.

- Si tu ne te tais pas un peu, on ne va pas pouvoir réviser non plus, parce qu'il ne reste plus que cinq minutes avant d'aller en classe, remarque Rhondella. Sto… stomates, cuticule, épiderme, chloroplastes…

Comme je n'arrive pas à savoir si c'est de la triche ou pas, je reste là, à écouter Rhondella et Amy répéter les noms des différentes parties de la feuille.

Et puis la sonnerie annonce le début des cours.

En deuxième heure, quand on arrive en salle de SVT, devinez quoi ? M. Stevens annonce :

M. STEVENS

– Prenez une feuille de papier – nous allons faire une interrogation surprise !

Amy, Rhondella, Tommy, Kellen et moi, on a eu 20 sur 20. Et j'aurais certainement oublié la cuticule si on n'avait pas revu notre cours juste avant.

Harvey a eu 16. Kellen prétend qu'il n'a pas voulu réviser parce qu'il était sûr qu'Origami Yoda racontait n'importe quoi. Et Dennis n'a eu que 12 parce qu'il n'a pas tenu compte des conseils de sa propre marionnette. Il est vraiment ZARBI!

Mais tout ça m'a mise tellement mal à l'aise que je suis allée parler à M. Stevens après la classe.

Je n'ai pas donné de noms et je n'ai pas mentionné Origami Yoda. Je lui ai juste dit que j'avais su à l'avance qu'il y aurait un contrôle.

Il a répondu que c'était complètement impossible vu qu'il n'avait décidé de nous donner une interro qu'APRÈS le début du cours ! Il s'était aperçu qu'il avait oublié d'apporter le film qu'il voulait nous montrer, et c'est tout ce qu'il avait trouvé pour meubler.

J'ai donc bien l'impression qu'Origami Yoda est plus qu'un simple bout de papier. Il avait raison pour le twist, et maintenant, il a eu raison pour le contrôle surprise.

Alors je lui ai posé une question - qui ne vous regarde pas - mais je crois bien qu'il a eu raison pour ça aussi !

En fait, peut-être que Dennis a passé tellement de temps assis dans des trous à être juste bizarre qu'il a appris la perception extrasensorielle ou je ne sais pas quoi. Ou peut-être qu'il n'est pas si bizarre que ça, après tout. Ou peut-être qu'il est bizarre dans le bon sens. Je n'en sais rien.

Commentaire de Harvey

Si la perception extrasensorielle existait - ce qui n'est pas le cas - je ne crois vraiment pas qu'on puisse y accéder en restant assis dans un trou. En plus, si je me suis planté au contrôle, c'est parce que j'avais été malade et que j'avais manqué deux jours de classe cette semaine. M. Stevens m'a donc fait repasser un test, et j'ai eu 19.

Mon commentaire : Je suis d'accord avec Sara. Si Yoda est vraiment magique, ça nous a donné un avantage sur les autres élèves.

Comme disait Dumbledore : « Un grand pouvoir implique de grandes responsabilités. » (Si ce n'était pas Dumbledore, c'était peut-être Thomas Jefferson. Ou l'oncle de Spider-man.)

Bon, ça me fait penser qu'on devrait peut-être faire plus attention à la façon dont on utilise Origami Yoda. Le récit qui suit montre comment les choses peuvent se gâter quand on l'interroge.

YODA ET LE SECRET PAS SI SECRET QUE ÇA

PAR RHONDELLA

Kellen n'arrêtait pas de me tanner pour que je demande quelque chose à Yoda. J'ai fini par capituler :

- Bon, d'accord, si ça peut te faire taire pendant cinq minutes…

Mais alors, il a voulu que je le fasse tout de suite.

La seconde d'après, je parlais à Dennis, qui était en train de faire ses bruits stupides avec sa bouche, comme s'il faisait craquer ses jointures.

(Je sais que c'est pour de faux, mais ça me file quand même la chair de poule.)

- Dennis ! Rhondella a une question à poser à Origami Yoda, a dit Kellen vraiment fort, ce qui était un peu gênant.

Dennis a tendu le doigt, et il y avait ce truc en papier vert dessus. Je n'ai jamais vu la série des *Star Wars*, mais je sais à quoi ressemble maître Yoda, et, effectivement, je crois bien que ce truc vert lui ressemble.

- Ta question quelle est ? a demandé Dennis d'une voix éraillée.

- Hein ? j'ai répliqué.

- Ta question quelle est ? a répété Dennis de cette même voix éraillée.

- C'est quoi, son problème ? j'ai demandé à Kellen.

- C'est comme ça qu'il est censé parler. Yoda parle comme ça, plus ou moins, sauf que j'arrive mieux à le faire. Tiens, écoute : « Hurm, une question tu as, hurm ? »

- N'importe quoi, j'ai dit.

- Vas-y, pose-lui ta question, il est incroyable, a insisté Kellen.

Kellen, Dennis ET Yoda me regardaient tous, et je me suis rendu compte que je n'avais rien à demander.

- Allez, a fait Kellen.

Alors, j'ai juste dit :

- Pourquoi Kellen me casse-t-il tout le temps les pieds ?

Et Yoda a répondu :

- Beaucoup il t'aime. De t'embrasser il meurt d'envie.

Alors Kellen a crié :

- Ferme-la, crétin !

Il a bousculé Dennis. Et ensuite, Dennis, ou peut-être Yoda, s'est mis à enguirlander Kellen.

Et moi, je suis partie.

Commentaire de Harvey

N'importe qui aurait pu lui dire ça.

Mon commentaire : C'est vrai, je suis d'accord.

En fait, la vérité, c'est que toutes les réponses de Yoda ne sont pas très extraordinaires. Il y en a même qui sont carrément agaçantes. Il arrive que celui ou celle qui a posé la question s'en aille en disant juste « Ben évidemment ! » ou « N'importe quoi ». Je crois qu'on devrait prendre en compte ces mauvaises réponses pour essayer de déterminer si Origami Yoda a un pouvoir magique ou pas. Dans le texte qui suit, j'ai listé toutes celles qui me reviennent.

* ORIGAMI YODA ET LES REPONSES DÉCEVANTES

PAR TOMMY

Q : Origami Yoda, comment faire pour trouver le lanceur de grenades dans le niveau Arctique d'Opération Pluie de la Mort ?

R : Lire un livre tu devrais.

Q : Tu veux dire, un guide de solutions ou ce genre de trucs ? Ça coûte hyper cher !

R : Non. Un livre comme *Bilbo le Hobbit*.

Q : Origami Yoda, j'ai toujours les cheveux en pétard même si je les peigne le matin. On se fiche de moi et ma mère me met tout le temps en boîte.

R : Coiffé comme Yoda tu dois être.

Q : Tu veux dire chauve ?

R : Oui.

Q : Eh, Origami Yoda, tu as vu cette vidéo complètement hilarante sur YouTube, où Chewbacca danse avec un jawa ?

R : Qu'est-ce que c'est, un jawa ?

Q : Tu sais bien, les jawas. Ces petits mecs qui apparaissent dans le premier filM.

R : Ce film qu'est-ce ?

Q : *Star Wars* !

R : Quoi ?

Q : Épisode IV ! *Un Nouvel Espoir* ! *La Guerre des Étoiles*, vieux !

R : Dans ce film je n'étais pas.

Q : Origami Yoda, tu peux m'aider à retrouver mon blouson ?

R : Le dernier endroit où tu l'avais te souvenir tu peux ?

Q : Origami Yoda, pourquoi Dennis met-il tout le temps les doigts dans son nez ?

R : Le nez jamais il ne se cure.

Q : Hah, d'accord, le gros mensonge !

R : Au moins, les crottes il ne mange pas, contrairement à toi.

Mais, pour moi, la réponse la plus décevante de tous les temps est celle qu'il m'a faite alors que je lui posais une question TRÈS importante. Pendant très longtemps, je n'ai pas osé, et puis j'ai fini par me décider à demander à Origami Yoda si je plaisais à Sara. On dirait qu'il sait qui plaît à qui, et j'avais terriblement besoin de cette information.

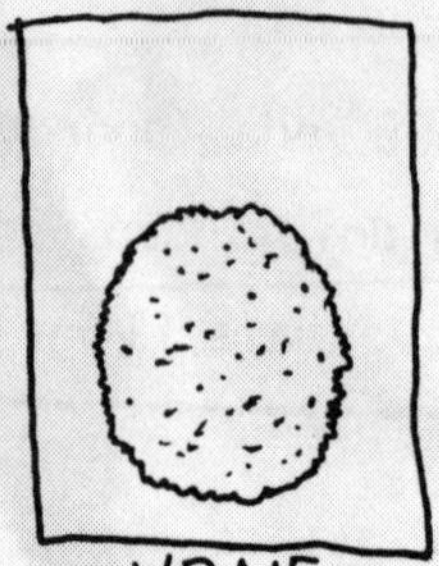

ORIGAMI YODA ME LAISSE TOMBER

PAR TOMMY

Un jour, je me suis senti gravement atteint en voyant Sara discuter avec ce type, là, Patate Ronde, alors qu'elle ne me parlait jamais.

Il y a deux sortes de type qui se retrouvent avec un surnom comme Patate Ronde : les nuls de chez nuls et les types tellement parfaits que toutes les filles leur tombent dans les bras. Ce Patate Ronde-là est de la deuxième sorte. (Moi, si j'avais été une Patate Ronde, je crois bien que j'aurais fait partie de la première catégorie.)

J'étais à la cantine, et ça me faisait flipper de penser que Patate Ronde jouait de son charme de Patate Ronde sur Sara.

Et puis, soudain, je me suis rendu compte qu'il n'y avait plus que Dennis et moi à notre table, vu que tous les autres avaient fini de manger. À chaque fois qu'il y a de la dinde ou du bœuf avec une espèce de sauce marronnasse, Dennis prend quatre ou cinq morceaux de pain en plus et les trempe dans la sauce. C'est répugnant et il est toujours le dernier à partir parce que personne ne supporte de le regarder faire.

- Eh, Dennis ! Si je pose une question à Origami Yoda, tu me promets de ne rien dire à personne ?

- Violet.

- Quoi ?

- Violet.

- Est-ce que ça veut dire oui ?

- Violet.

- Bon, tu ne pourrais pas juste dire oui ou non ?

Il a fait oui de la tête et a sorti Origami Yoda.

J'ai chuchoté :

- Origami Yoda, pourquoi Sara ne m'aime pas ?

- Ne dit pas qui t'aime elle, a dit Yoda (ou Dennis, en prenant sa voix ratée de Yoda).

- Eh, attends un peu. Qu'est-ce que ça veut dire ?

- Violet, a répondu Dennis.

J'ai essayé la phrase dans tous les sens :

Elle dit : qui ne t'aime pas ?

Elle ne t'aime pas. Qui le dit ?

Qui dit qu'elle ne t'aime pas ?

Est-ce que c'était ce que Yoda avait voulu dire ? Est-ce qu'il suggérait que je me trompais ? Que Sara m'aimait bien quand même ?

- Est-ce que ça signifie qu'elle m'aime bien quand même ?

- Violet.

- Je rigole pas, mec ! Est-ce que c'est ça qu'il a voulu dire ?

- Violet.

- T'es gonflant. Laisse-moi poser une autre question à Yoda.

- Non, a répondu Dennis, qui venait de terminer son dernier bout de pain et se levait pour débarrasser son plateau.

- Attends. Pourquoi ?

- Euh, peut-être parce que t'as dit que j'étais gonflant ? Pourquoi je laisserais Origami Yoda t'aider si t'es pas sympa avec moi ? J'en ai marre que vous soyez tous toujours aussi vaches avec moi sauf quand vous avez besoin de parler à Origami Yoda.

- Je m'excuse, mec, je lui ai dit, mais si t'arrêtais de répéter tout le temps des trucs comme « Violet », on serait peut-être plus sympas.

- Je trouvais ça drôle.

- Demande à Origami Yoda si c'est drôle.

Il lui a posé la question.

- Drôle ce n'est pas, a répondu Yoda.

- Tu vois ? Si tu écoutais plus Origami Yoda, tu saurais qu'il y a des fois où tu fais des trucs vraiment bizarres. Écoute-le un peu et tu auras moins l'air d'un alien.

Dennis n'a rien dit. On avait déjà rangé nos plateaux et on se dirigeait vers les casiers. La reprise des cours a sonné.

- Alors, je peux poser une autre question à Origami Yoda ? j'ai insisté.

- Marron, a dit Dennis avant de s'éloigner.

Je lui ai couru après en criant :

- Yoda, est-ce que je lui plais ?

Commentaire de Harvey

Il n'y a, pour autant que je sache, aucune "magie" dans tout ça, à part le fait que Tommy se soit ridiculisé en criant « Yoda, est-ce que je lui plais ? » ce qui est tellement pitoyable que ça frôle la magie.

Mon commentaire : D'accord, je suis pitoyable. Mais je plais quand même à une fille. Peut-être. Peut-être pas. Comme vous voyez, je ne savais plus du tout où j'en étais. C'était vital que je puisse reparler à Origami Yoda le plus rapidement possible.

LA MORT TRAGIQUE D'ORIGAMI YODA

PAR TOMMY

Alors, le lendemain, à la cantine, j'ai encore essayé de forcer Origami Yoda à m'expliquer ce qu'il avait voulu dire à propos de Sara.

Mais Dennis répétait sans cesse :

- Violet.

Ça commençait à m'énerver sérieusement, et je lui ai dit :

- Yoda, pourquoi tu n'empêches pas Dennis d'être une pauvre tache ?

Je l'ai regretté aussitôt. Dennis n'a pas voulu entendre mes excuses.

Il est juste devenu fou furieux !

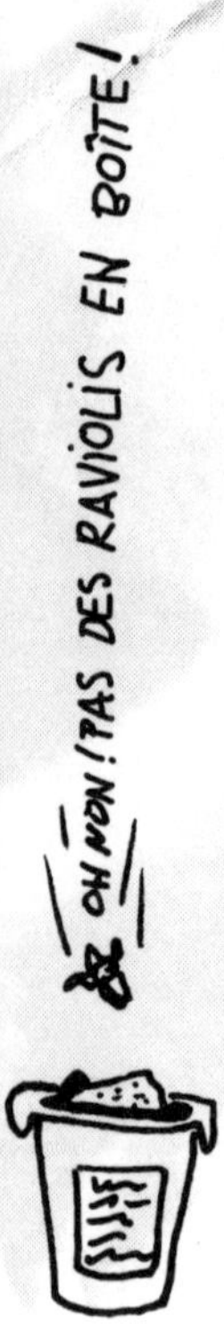

- Tu veux que j'arrête d'être une pauvre tache ? Alors je crois que je ferais mieux de me débarrasser de ça.

Il a arraché Origami Yoda de son doigt et l'a roulé en boule.

- Mais qu'est-ce que tu fais ? j'ai crié.

- Je peux plus être un pauvre débile. Faut que je devienne normal, a dit Dennis. Vaut mieux balancer ce bout de papier.

- Allez, Dennis, est intervenu Kellen. Calme-toi.

Mais Dennis s'est précipité vers la poubelle, et il a jeté Origami Yoda dedans. Ensuite, il est revenu s'asseoir et a repris son déjeuner.

- Alléluia ! a dit Harvey. Que Jabba soit remercié, c'est enfin terminé. Maintenant, vous trois, vous allez peut-être pouvoir arrêter d'être les plus gros débiles de tout le collège.

- Comme ça, on te laissera la première place, a rétorqué Kellen.

J'ai couru à la poubelle pour récupérer Origami Yoda, qui avait atterri sur des raviolis. J'ai bien essayé d'essuyer la sauce tomate et de le défroisser pour lui redonner sa forme de Yoda, mais je ne savais pas comment faire. J'ai juste réussi à trouver quelle partie correspondait à ses oreilles, mais le reste s'était tout déplié. J'ai supplié Dennis :

- Vas-y, refais-le. Je m'excuse de t'avoir traité de pauvre tache.

Tout ce qu'il a répondu, c'est :

- Violet.

J'essayais tant bien que mal de reconstituer la marionnette, quand cette fille, Lisa, s'est approchée. D'habitude, elle ne nous adresse jamais la parole, mais là, elle a demandé à Dennis si elle pouvait poser une question à Origami Yoda.

- Yoda est mort, a répondu Dennis, et il s'est mis à pleurer.

Je vous assure, il sanglotait pour de vrai !

Du coup, Lisa a dit :

- D'accccooooord, et elle est partie.

- Tu ne peux pas en fabriquer un nouveau ? a questionné Kellen.

- Je ne me souviens plus comment faire, a hoqueté Dennis.

Et il a continué à pleurer jusqu'à la fin de la cantine.

Commentaire de Harvey

Le meilleur déjeuner de tous les temps.

Mon commentaire : Je vous dis pas à quel point les commentaires de Harvey sont agaçants. Mais attendez, ça ne s'arrange pas ! Il a demandé à avoir un chapitre rien que pour lui ! Non seulement c'est contraire à l'esprit scientifique, mais c'est un tissu de mensonges.

LE VRAI ORIGAMI YODA

PAR HARVEY

Bon sang, je ne sais pas ce qui était pire : Dennis en train de chialer à cause de sa Boulette de papier Yoda ou Tommy qui essayait d'en retirer la sauce tomate. Il faut que je me trouve des potes qui me fassent moins honte.

Bref, la perte « tragique » de la Boulette de papier Yoda m'a donné une idée. Pourquoi ne pas faire mon propre véritable Origami Yoda ?

Alors je suis allé sur Internet et j'ai tapé « Yoda en origami ». Il y a des tas de pages d'instructions différentes pour en fabriquer.

J'en ai imprimé une, j'ai pris du papier et j'ai fabriqué un Yoda qui écrase complètement celui de Dennis ! C'était vraiment, vraiment dur, et il y a des parties que j'ai eu du mal à comprendre, mais il est cent fois mieux que celui de Dennis. Le truc, c'est que le mien ressemble vraiment à Yoda.

Alors je l'ai apporté au collège pour montrer à Tommy à quoi ressemble un vrai Yoda en origami.

- Ouah ! a fait Tommy, c'est dingue. Tu dois au moins être un expert.

MENSONGE

- Il est cent fois mieux que le Yoda de Dennis, a dit Kellen.

- Ouais, je sais, j'ai répondu. Et il donne aussi de meilleurs conseils.

- Il donne des conseils ? Exactement comme celui de Dennis ? s'est exclamé Tommy.

- Non, pas exactement comme celui de Dennis, puisque je viens de te dire qu'il donnait de meilleurs conseils.

- Bon, d'accord, laisse-moi essayer alors.

- Non, n'essaye pas. Fais-le... Ou ne le fais pas. Il n'y a pas d'essai, j'ai répliqué, en imitant parfaitement la voix de Yoda.

TU PARLES !

- Ouah ! Tu imites Yoda encore mieux que moi, a remarqué Kellen. Bon... euh... Oh, Yoda, c'est quoi, la combinaison de mon casier ?

- C'est une question stupide, j'ai répliqué. Le Yoda de Dennis n'aurait pas pu y répondre non plus. Pose-moi une vraie question !

- D'accord, a dit Kellen. Est-ce que Sara aime Tommy ?

- La ferme ! a crié Tommy.

- Oh, ça va, a protesté Kellen. C'est ce que tu allais demander au Yoda de Dennis avant qu'il le jette à la poubelle.

- TU VAS TE TAIRE, OUI ? a fait Tommy.

- Yoda va répondre à la question, ai-je annoncé.

- OK, vas-y, a dit Tommy. Et alors, qu'est-ce qu'il raconte ? Est-ce que je plais à Sara ?

- Te voir en peinture elle ne peut pas, a répondu Yoda/moi. Avec ses amies de toi elle se moque.

Vous auriez dû voir la tête qu'a faite Tommy ! Surtout qu'au même instant, Sara et toutes les copines assises à sa table ont éclaté de rire - probablement pour se ficher de lui. Sur le moment, même moi, j'ai failli croire en Origami Yoda.

- Je suis désolé, j'ai dit à Tommy. Si j'avais su qu'il allait dire un truc pareil, j'aurais essayé de te l'apprendre avec plus de ménagement.

Mon commentaire : Oui, c'est ça. Avec ménagement ? Tu parles : Harvey était plié en deux.

Et je voudrais préciser que je n'ai jamais dit « Tu dois au moins être un expert » en voyant le Yoda de Harvey. En réalité, tout ce que Kellen et moi sommes censés avoir dit sur son Yoda relève du pur mensonge. En plus, Harvey s'est contenté de télécharger les instructions, alors que Dennis a inventé son propre Yoda en origami.

Cependant, pour être totalement honnête, je dois reconnaître que le Yoda de Harvey est franchement pas mal, et que sa voix de Yoda est carrément meilleure.

Je doutais sérieusement que le Yoda de Harvey ait le moindre pouvoir, mais je me disais que Harvey devait avoir raison. On dirait effectivement que Sara et ses copines sont toujours en train de faire des messes basses et de rigoler dès que je m'approche.

Mais avant que je puisse y réfléchir davantage, il s'est passé un truc vraiment dingue...

DUEL D'ORIGAMIS YODA

PAR TOMMY

– Tort Harvey a, a fait une voix éraillée. Beaucoup tu lui plais. Beaucoup.

On s'est tous retournés, et Dennis était là, avec son Origami Yoda sur le doigt !

J'ai été triplement stupéfait de revoir le vrai Origami Yoda, de découvrir que Dennis nous parlait à nouveau et d'apprendre que sa marionnette pensait que je plaisais à Sara.

– Où tu l'as eu ? a demandé Kellen.

– Je me suis réveillé ce matin en me souvenant comment j'avais fabriqué le premier. Ça a dû me revenir en rêve.

- Nom d'un petit bonhomme ! s'est exclamé Harvey en agitant son Yoda devant la figure de Dennis. Dommage que ton rêve ne t'en ait pas montré un aussi beau que celui-ci.

Dennis a regardé le Yoda de Harvey.

- Ah oui, on dirait bien que tu as fait le Yoda de Van Jahnke. C'est l'un des plus beaux pliages de Yoda en ligne, a commenté Dennis. J'en ai fait un, une fois.

- Tu parles ! a dit Harvey. Il écrase carrément le tien.

- Il n'est pas mal du tout, a admis Dennis, qui paraissait soudain parfaitement sain d'esprit, mais si tu veux une critique constructive, essaye de faire en sorte que tes plis soient plus précis. Ça rendra tes coins plus nets.

- Ah oui ? a demandé Harvey. Et ces plis-là, ils te plaisent?

Et Harvey a essayé de froisser le Yoda de Dennis.

Kellen et moi, on l'a arrêté à temps. Maintenant qu'Origami Yoda était revenu, on n'allait pas le laisser se faire à nouveau massacrer.

- Détends-toi, Harvey, a dit Kellen. Ils sont bien tous les deux.

– Non, a protesté Harvey. Le mien est mille fois mieux. C'est juste que vous ne voulez pas l'admettre.

– Par nous-mêmes découvrons-le, a proposé le Yoda de Dennis. Qu'un duel de Yoda il y ait.

– Mais comment seraient-ils censés se battre en duel ? a questionné Harvey.

– Ils pourraient répondre tous les deux à une même question, a suggéré Dennis. Comme ça on verra bien qui a raison.

– D'accord. Quelle question ? j'ai demandé.

– On a déjà eu la question ET les réponses, est intervenu Kellen. Le Yoda de Harvey prétend que Sara ne peut pas voir Tommy en peinture…

– Chut ! j'ai fait. Tu pourrais la fermer, s'il te plaît ?

– Alors que le Yoda de Dennis dit que Tommy plaît à Sara, a continué Kellen. Tout ce qui nous reste à faire, c'est de trouver lequel a raison !

– Qu'est-ce que tu veux dire ? j'ai questionné, alors que je le savais très bien.

– Il faut que Tommy aille au prochain bal du collège et qu'il invite Sara à danser. Si elle accepte, c'est Dennis qui gagne. Et si elle dit non, c'est Harvey.

- Humpf, a grogné Harvey. Je prends le pari. Pour une fois, on va peut-être s'amuser à un bal… Ça devrait même être très marrant.

- Eh bien, j'ai dit, vous n'aurez qu'à y aller, mais ce sera sans moi.

- Allez, Tommy, a insisté Kellen, tu te fais des films sur elle depuis le début de l'année. Ce serait bien de savoir, tu ne trouves pas ? Enfin, tu crois ce que dit le Yoda de Dennis, non ?

J'ai regardé Dennis, et je lui ai demandé :

- Sérieusement, est-ce que tu en es sûr ?

- Certain suis-je, a répondu Origami Yoda.

- Purée, a commenté Harvey, c'est la pire imitation de Yoda de tous les temps! D'abord, Yoda n'aurait jamais dit « Certain suis-je », mais « Certain je suis », et ensuite…

- Les mecs, l'ai-je interrompu, vous pourriez la fermer une seconde, que je réfléchisse ?

- Bien sûr, a répondu Harvey. En fait, je te donne tout le temps que tu veux. Mais il va quand même falloir te décider vite, parce que le bal a lieu vendredi prochain.

Commentaire de Harvey

J'ai changé d'avis. Je crois en Origami Yoda… MON Origami Yoda !

Mon commentaire : Ouais, c'est ça !

ESSAYER DE RÉSOUDRE L'ÉTRANGE CAS ORIGAMI YODA

PAR TOMMY

Voilà, je viens de re-re-relire tous les témoignages.

Je n'arrive toujours pas à me décider. Dans certains des récits, Origami Yoda semble particulièrement avisé. Mais il arrive aussi que Harvey n'ait pas tort.

Oh ! là, là ! difficile de choisir… C'est que cette affaire dépasse de loin le fait d'inviter une fille à danser. Même si cette fille est Sara, LA fille à laquelle je n'arrête pas de penser depuis le premier jour de la rentrée.

Vous comprenez : ne pas inviter Sara à danser reviendrait à dire que j'écoute plus le Yoda de Harvey que celui de Dennis. Donc, que Harvey a raison depuis le début. Et ce serait comme préférer Harvey à Dennis.

Alors que, franchement, j'en ai ma claque d'entendre Harvey critiquer tout et tout le monde sans arrêt. Oui, je sais, je n'ai pas toujours été très sympa non plus. Comme quand j'ai traité Dennis de pauvre tache ou de cinglé. Mais c'est fini maintenant. C'est bien fini.

Pourtant ce n'est pas parce que Harvey est pénible qu'il n'a pas raison. En fait, il a sans doute raison. Au fond, tout ce qu'il dit, c'est qu'une fille super mignonne ne peut pas avoir envie de danser avec moi. Il ne prend pas beaucoup de risque en pariant là-dessus.

À l'inverse, Dennis me demande de prendre un risque énorme. Bon, c'est vrai que je commence à bien l'aimer, mais ça ne veut pas dire que je doive m'humilier pour le prouver, si ?

Pourquoi devrais-je écouter Dennis, de toute façon ? Enfin, c'est tout de même lui qui m'a énervé avec ses « Violet » il y a quelques jours.

C'est lui qui a craché sur mes petits gâteaux d'anniversaire, qui fait craquer ses jointures, qui s'assoit dans des trous ET qui se balade avec une marionnette en papier sur le doigt.

Ce qui me ramène à mon point de départ : Origami Yoda n'est-il qu'une marionnette à doigt, ou est-ce qu'il y a autre chose derrière ? La Force peut-être ? Quand je lis tous ces témoignages, c'est sûr qu'il a l'air d'exister vraiment. Mais si jamais je me trompe ?…

En fait, j'ai plutôt envie de croire en Origami Yoda. Mais si jamais il est bidon, le prix à payer sera extrêmement lourd.

Je sais que j'ai écrit que cette affaire dépassait de loin le fait d'inviter une fille à danser, cependant, quand on y réfléchit, c'est quand même à ça que ça se résume, et c'est quelque chose que je n'ai jamais fait.

Peut-être que je vais me planter. Ou peut-être que ça n'a pas d'importance parce que je n'ai aucune chance, quoi qu'il arrive. Ce serait tellement horrible si j'allais voir Sara et qu'elle refusait en se mettant à rigoler avec Rhondella et Amy. Harvey n'arrêterait plus de se payer ma tronche, après ça.

Ce serait tellement plus sûr de me contenter de rester sur l'estrade. Mais si…

Oh ! mince, la mère de Kellen arrive. C'est elle qui nous conduit au bal du collège. C'est l'heure de partir et je ne me suis toujours pas décidé. Qu'est-ce que je vais faire ?

CE QUI S'EST PASSÉ ENSUITE

PAR TOMMY

Je viens de rentrer du bal. Il est tard, mais il faut que j'écrive tout ça maintenant.

La mère de Kellen nous a donc déposés au collège et on est entrés dans la salle. Kellen et moi, on a foncé vers l'estrade. Harvey était là, bien sûr, mais je n'ai pas vu les autres habitués. J'ai repéré Sara dans la foule des danseurs. En fait, j'avais espéré qu'elle ne viendrait pas et que je pourrais me défiler…

Maintenant que je la regardais, je me disais que je ne serais jamais capable de l'inviter.

C'est facile d'écouter Origami Yoda quand il vous conseille de ne PAS inviter une fille à danser au bal et que tout ce que vous avez à faire, c'est de rester assis en attendant de voir s'il a raison ou pas.

Mais c'est une autre paire de manches quand Yoda vous assure que vous DEVEZ inviter la fille à danser et qu'il faut passer à l'acte.

Et c'est encore plus dur quand un autre Origami Yoda - qui, il faut le reconnaître, parle beaucoup plus comme le vrai Yoda - vous dit que cette fille ne peut pas vous voir en peinture et qu'elle se moque de vous.

Mais le plus dur de tout, c'est quand vous êtes là, en plein bal, avec des types qui sautent dans tous les sens sur une musique horrible et assourdissante alors que vous êtes appuyé contre l'estrade avec un groupe qui s'est toujours contenté de mater ; que vous n'avez jamais invité une fille à danser ; que vous ne savez même pas danser ; que Sara se trémousse avec ses copines - heureusement, pas avec des garçons ; que c'est la plus mignonne de tout le collège, à des kilomètres devant toutes les autres, et que, pour l'inviter, il va falloir traverser toute la salle et lui poser la question devant ses copines et devant vos potes qui n'en perdront pas une…

GÉNIAL ! LE COLLÈGE McQUARRIE S'ENVOLE POUR
LE BAL DE L'ESPACE
PRÉPAREZ-VOUS À UN VOYAGE AU-DELÀ DES NUAGES !
OÙ : MUSIQUE À LA CANTINE, BASKET EN SALLE DE GYM
QUAND : VENDREDI 4 MAI À 19 H
COMBIEN : 2 $ OU UNE BOÎTE DE QUELQUE CHOSE

Est-ce que j'allais vraiment faire ça juste parce qu'un type avec une marionnette en papier sur l'index me l'avait conseillé ?

J'ai décidé de ne pas le faire.

Et puis la musique s'est arrêtée, et Sara s'est mise à discuter avec ses copines. Alors je me suis dit que j'allais peut-être y aller quand même. Mais la musique est repartie, et je me suis dit que je ferais mieux d'attendre.

- Vas-y, m'a lancé Kellen.

- À ta perte tu cours, a assuré le Yoda de Harvey. Mais y aller tu dois.

J'ai tenté de gagner du temps.

- Où est Dennis ? Je voudrais vérifier une dernière fois avec lui avant d'y aller.

- Je ne sais pas où il est, a dit Kellen, mais va voir au buffet.

On est allés voir au buffet. Lance et Amy étaient là et ils discutaient tout en bougeant au rythme de la musique.

- Eh ! regardez ça ! s'est écrié Kellen en montrant le centre de la salle. C'est Quavondo et Cassie. Qui dansent !

- Le monde est tombé sur la tête, a hoqueté Harvey.

- Regarde l'estrade, vieux, a dit Kellen. Il n'y a plus que nous. Même Mike est en train de danser.

J'ai suivi son doigt du regard.

- Avec Hannah ? Qu'est-ce qui a pu arriver ? Où est passé son petit ami gigantesque ?

Ça paraissait tellement impossible… Origami Yoda avait-il pu changer le cours de la vie que nous connaissions ?

Et puis il est arrivé quelque chose d'encore plus bizarre. Un événement qu'aucun être humain n'aurait pu prédire. La foule des danseurs s'est comme écartée, et là, en plein milieu, Dennis dansait avec Caroline, la fille aux crayons cassés.

- Ça alors !!! on s'est exclamés en même temps, Harvey, Kellen et moi.

Comme vous vous en doutez, Dennis était un danseur exécrable, mais ça n'avait pas l'air de déranger Caroline. Ils s'amusaient visiblement beaucoup tous les deux.

- Elle est devenue folle, ou quoi ? s'est demandé Harvey.

Mais je savais qu'elle n'était pas folle. Soudain, tout commençait à s'expliquer.

- Non, elle n'est pas folle du tout. Tu ne piges pas ? C'est Origami Yoda ! C'était son plan !

- Quel plan ?

- Origami Yoda savait que si Dennis se faisait casser la figure par Zack Martin en défendant Caroline, elle tomberait amoureuse de lui ! Dennis a dû suivre son conseil, pour une fois.

- Et c'était quoi, son conseil ? Se faire démolir par un gorille ? Super conseil, a commenté Harvey.

- Mais ça a marché, a rappelé Kellen.

Là, je n'en revenais pas. Qui avait eu l'idée géniale de défier Zack ? Yoda, ou Dennis ? Ou est-ce que c'était la même chose ?

Mais alors, ça m'a fait penser à un truc encore plus incroyable…

Vous êtes prêts ?

Alors, voilà : et si toute cette histoire de Yoda n'était qu'un canular monté par Dennis pour attirer l'attention ? Évidemment, ça le faisait de temps en temps passer pour un imbécile, mais, comme disait Kellen, ÇA MARCHAIT ! Non seulement il avait attiré notre attention et celle de tout un tas de types qui, sinon, ne l'auraient jamais regardé, mais en plus, il avait trouvé une fille pour danser avec lui, et peut-être même devenir sa copine ! Et c'est quelque chose que personne n'aurait cru possible.

Si c'était un canular, c'était un canular complètement génial ! Seulement, comment Dennis aurait-il pu savoir que ça marcherait sans Origami Yoda pour le lui dire ? Et si Origami Yoda l'avait briefé, alors ce n'était plus du tout un canular.

Du coup, j'étais complètement perdu.

Quand la musique s'est arrêtée, Dennis et Caroline sont venus vers nous. ILS SE TENAIENT PAR LA MAIN !

- Alors ? a demandé Dennis. Tu l'as invitée ?

Pour une fois, il ne jouait pas le dingue, ne disait pas « Violet » ni ne faisait rien de bizarre, pourtant j'aurais préféré qu'il parle d'autre chose. J'espérais que tout le monde oublierait, pour moi et Sara.

- Je me disais que j'allais attendre le prochain bal, j'ai répondu.

Dennis a lâché la main de Caroline, a fouillé dans sa poche et en a sorti Origami Yoda.

– Toujours pas tu ne me crois ? a dit la marionnette en secouant tristement sa petite tête en papier d'un côté puis de l'autre.

Moi, ne pas croire ? Ça me faisait mal d'avouer que je n'y croyais pas. Mais, dès qu'il était question de filles, tout ce que j'avais connu au cours de ma vie prouvait que c'était le Yoda de Harvey qui avait raison. Sara allait me dire non devant tout le collège et tout le monde se ficherait de moi. Harvey rirait encore plus fort que les autres et ne s'arrêterait pas pendant les vingt prochaines années.

Et puis, si toute cette histoire n'était qu'une grosse blague, pourquoi devrais-je écouter Yoda ? Peut-être que Dennis avait envie de se moquer de moi, lui aussi ?

Pourtant, je ne sais pas pourquoi, mais je n'arrivais pas à me convaincre que c'était un canular. Combien de personnes avaient suivi les conseils d'Origami Yoda et s'amusaient maintenant comme des fous au bal du collège ? Curieusement, danser à un bal me paraissait plus improbable encore que l'existence d'une marionnette en papier magique.

J'étais peut-être stupide, mais je voulais y croire. Il y avait là quelque chose qui dépassait la simple plaisanterie, et je ne voulais pas le laisser échapper, qu'il s'agisse de magie, de chance, de la Force ou de ce que vous voudrez.

C'est ainsi que j'ai décidé que, même si Sara me repoussait, je préférais être du côté de Dennis que de celui de Harvey. Dennis est bizarre, mais je crois que je l'aime bien maintenant, et ça m'embêterait de le laisser tomber. Alors que ça ne me dérangerait pas du tout de lâcher Harvey. J'ai annoncé :

- Je vais l'inviter, tout de suite.

Harvey a éclaté de rire, mais Dennis m'a adressé un grand sourire et j'ai presque eu l'impression qu'Origami Yoda me souriait aussi.

- Tu vas vraiment le faire ? m'a demandé Dennis.

- Oui.

- C'est bien. Alors je voudrais te dire quelque chose, Tommy.

Et Dennis m'a glissé la suite à l'oreille :

- Cette fois, Yoda n'a pas eu besoin de la Force. Si Yoda sait, c'est parce que Sara l'a interrogé sur toi, il y a une semaine. Elle voulait savoir si elle te plaisait autant que tu lui plais.

– Et qu'est-ce que tu lui as répondu ? j'ai chuchoté à mon tour.

– Yoda lui a dit de venir au bal pour le savoir.

J'ai levé les yeux, et j'ai vu que Sara nous observait en souriant.

Par Jabba le Hutt ! Je n'avais pas le temps de continuer à m'interroger pour savoir si Yoda existait pour de vrai ou pas. J'ai sauté de l'estrade et je me suis avancé vers elle.

C'était comme un rêve. Tout était parfait ! Ça allait enfin arriver !

– Il n'y a qu'un petit problème, a soufflé Harvey. Tu ne sais pas danser !

Je me suis figé aussi sec. Il avait raison.

– Ha ha ! Espèce d'imbécile ! Tu as passé tout ce temps à te torturer pour savoir si tu devais l'inviter ou non et tu n'as jamais pensé à ce qui arriverait si jamais elle disait oui ! Quel…

Je me suis tourné vers Dennis avec désespoir.

Il a brandi Origami Yoda.

- La Force… toujours être avec toi, elle peut.

Au même instant, une voix a tonné dans les haut-parleurs:

- Tout le monde en piste ! C'est l'heure du twist !

Quand le morceau a commencé, la plupart des élèves ont regardé autour d'eux comme s'il y avait quelque chose qui clochait. Ils ne savaient pas ce que c'était que le twist. En tout cas, ils ne savaient certainement pas comment ça se dansait.

Mais nous, si.

Et avant même que je m'en rende compte, on était tous en train de danser. Dennis et Caroline, Cassie et Quavondo, Lance et Amy, Mike et Hannah… même Rhondella et Kellen ! Dingue, non ?

Et sans même que j'aie besoin de lui demander, on s'est retrouvés Sara et moi en train de tortiller les genoux pour essayer de twister tout en se tenant les mains - ce qui n'est pas très pratique - et en se marrant comme des baleines.

Commentaire de Harvey

Pas de commentaires.

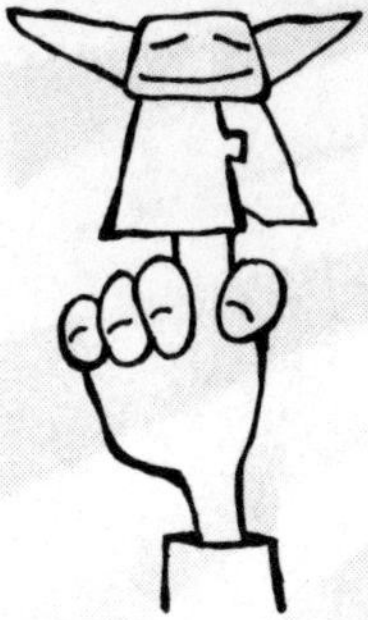

COMMENT FABRIQUER UN ORIGAMI YODA

PAR TOMMY

Je n'ai pas arrêté de supplier Dennis de m'apprendre à fabriquer un Origami Yoda. Il a fini par me montrer, mais j'étais dépassé. Tout ce que je suis arrivé à faire, c'est une espèce de truc informe. Alors Dennis m'a montré comment en fabriquer un plus simple. On commence par découper un rectangle de papier. La moitié d'une moitié de feuille de copie fait l'affaire. Si on peut trouver du papier vert d'un côté, il faut commencer en mettant le côté vert en dessous pour que la tête et les pieds de Yoda soient verts. Il faut dessiner les yeux et la bouche, mais c'est cool et ça donne beaucoup mieux qu'un truc raté et complètement informe. Kellen a dessiné les différentes étapes pour qu'on n'oublie pas le mode d'emploi. Et voilà...

COMMENT FAIRE TON PROPRE YODA EN ORIGAMI

PAR DENNIS, TOMMY + KELLEN

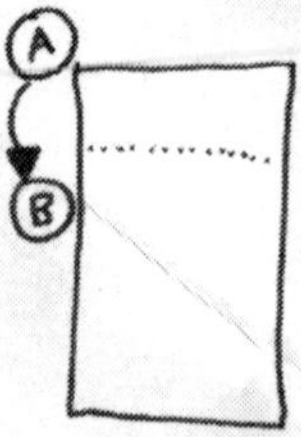

PLIE LE HAUT DU RECTANGLE SUR 2 CM.

RAMÈNE BIEN LES COINS POUR MARQUER LES PLIS PUIS ROUVRE-LES.

LÀ, C'EST LE PLUS DÉLICAT ! POUSSE Ⓐ POUR LE GLISSER ENTRE Ⓑ + Ⓒ.

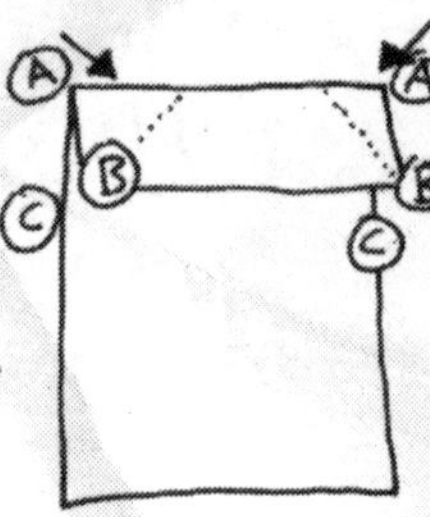

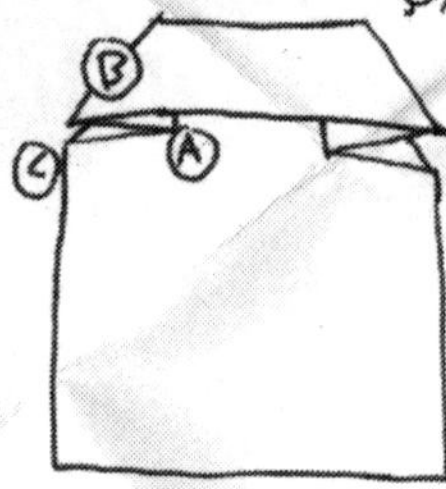

ÇA DEVRAIT RESSEMBLER À ÇA ! LES RABATS SERONT LES OREILLES DE YODA. RETOURNE LA FEUILLE.

REPLIE LE BAS DU RECTANGLE SUR Ⓑ 2,5 CM.

REPLIE LE RABAT TOUT PRÈS DU PLI PRÉCÉDENT.

ÇA DOIT FAIRE UN ZIGZAG.

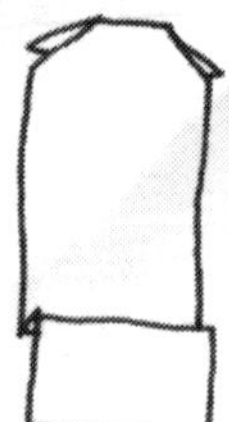

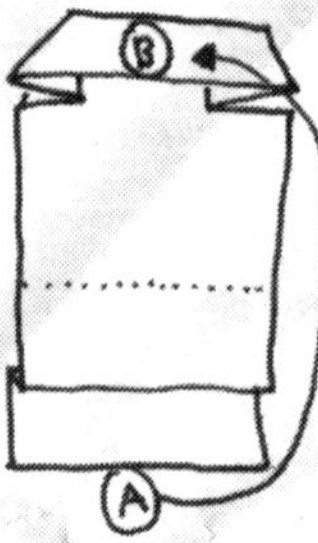

RETOURNE LA FEUILLE. PLIE SUIVANT LES POINTILLÉS DE SORTE QUE Ⓐ ARRIVE AU MILIEU DE LA TÊTE DE YODA.

RABATS Ⓐ SUR Ⓑ

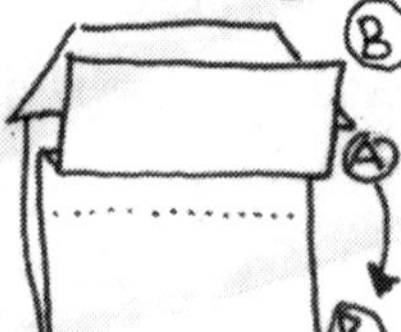

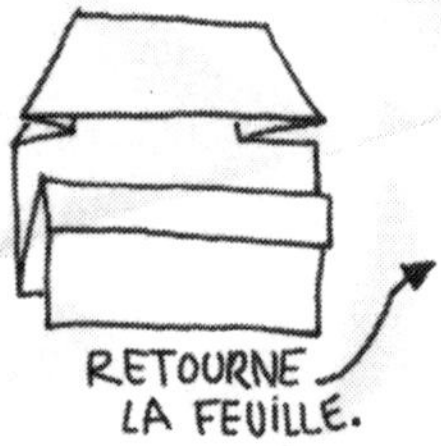

RETOURNE LA FEUILLE.

REPLIE TOUTES LES COUCHES VERS LE CENTRE.
A
COMME ÇA !
A
PAREIL POUR L'AUTRE CÔTÉ.
CE N'EST PAS GRAVE SI LES BORDS NE SONT PAS ÉGAUX.
REPLIE LES OREILLES VERS L'EXTERIEUR
A
A
RABATS LE SOMMET DE LA TÊTE.
PSSSSS... UN PETIT BOUT DE SCOTCH SUR L'ARRIÈRE PEUT AIDER.
RETOURNE-LE.
FROISSE LES OREILLES.
SI YODA A UN PIED EN TROP, REPLIE-LE POUR LE FAIRE DISPARAÎTRE.
C'EST YODA !

REMERCIEMENTS

Cinéastes : George Lucas, Ralph McQuarrie, Stuart Freeborn, Wendy Midener, Nick Maley, Cary Kurtz, Irvin Kershner, Frank Oz, Lawrence Kasdan et tous ceux qui ont donné vie au vrai Yoda.

Plieurs de papier : Akira Yoshizawa, Robert Lang, Paul Jackson, Hiro Asami et Fumiaki Kawahata, créateur d'un Yoda en origami particulièrement célèbre.

Personnes sympas : Cece Bell, Charlie et Oscar, Raymond Loewy, George et Barbara Bell, les Hemphills, Madelyn Rosenberg, Steve Altis, Linda Acorn, Farida Dowler, Ken Leonard, la Kidlitosphere, Will et Rhonda, Kids in the Valley Adventuring, Sean et la communauté de diabolo.ca, Cindy Minnick, Paula Alston & Cie, Lolly Rosemond, Mme Doughty, Mme Campbell, Caryn Wiseman, Susan Van Metre, Chad Beckerman, Melissa Arnst, Scott Auerbach, Jason Wells, le Great Wastoli; Sam Riddleburger, Carol Roeder, et le mec sans qui rien de tout cela n'existerait, Van Jahnke.

Et M. Randall, avec toute ma gratitude, pour ses leçons d'informatique, de physique, et de vie.

À PROPOS DE L'AUTEUR

Écrire ce livre, a dit Yoda, Tom Angleberger doit. Bien avant de suivre l'injonction de Yoda, Tom posa sa candidature pour travailler comme illustrateur dans un journal, et se vit par erreur confier un poste de rédacteur. Quinze ans plus tard, il occupe toujours ce poste de chroniqueur au Roanoke Times de Roanoke, en Virginie. Il habite Christianburg, dans le même État, avec sa femme. Tu peux le rejoindre en ligne sur www.origamiyoda.com.

Mise en page : Anne-cécile Ferron
Dépôt légal : avril 2012
Achevé d'imprimer en France
par Normandie Roto Impression s.a.s. en mars 2012
N° d'imprimeur : 120998